改革开放进入深刻阶段，表现在写作上，尤其在民间，传统诗词创作蔚然成风。供职于川北一眼科医院的七零后医生李琼，则是其中才华卓著、成绩斐然的创作者。本书精选了她诗词曲赋联代表作诸多篇什。这些作品既传承了古典文学中同类文学形式创作手法，又令人欣喜地吹新了题材和语境，是同类作品中难得的鹣鲽情深，串串玑珠，清凌作响的心跳之作。

# 西江月

## 李琼诗词曲赋联选

李琼 ◎ 著

黄河出版传媒集团
宁夏人民出版社

**图书在版编目（CIP）数据**

　西江月：李琼诗词曲赋联选 / 李琼著．--银川：
宁夏人民出版社，2024.12.--ISBN 978-7-227-08102
-9

　Ⅰ.Ⅰ217.2

　中国国家版本馆CIP数据核字第2025SL4704号

西江月：李琼诗词曲赋联选　　　　　　　　李琼　著

责任编辑　姚小云

责任校对　闫金萍

封面设计　罗　杉

责任印制　侯　俊

出版发行　宁夏人民出版社

地　　址　宁夏银川市北京东路139号出版大厦（750001）

网　　址　http：//www.yrpubm.com

网上书店　http：//www.hh-book.com

电子信箱　nxrmcbs@126.com

邮购电话　0951-5052106

印刷装订　三河市嵩山印刷有限公司

印刷委托书号　（宁）0031467

开本　710 mm×1000 mm　1/16

印张　17.25　　字　数　200千字

版次　2024年12月第1版

印次　2024年12月第1次印刷

书号　ISBN 978-7-227-08102-9

定价　88.00元

# 序

马经义

　　"诗"对于中国人而言，早已不是一种文学形式那么简单，因为它蕴藏着我们对生活的期待，对远方的向往，对文化传承的坚守。中国人历经几千年，用诗歌编织成了一种悲天悯人的意识以及对待宇宙、世界、人生的态度。可以说每一个中国人，其生命都浸润在诗词的意象之美里，我们也在诗歌之中不知不觉间完成了自己生命的成长。

　　这部《西江月》是李琼的第四部诗集，准确地说是她前三部精华的集结与延续。"四"这个数字，因其谐音"死"在当下被很多人厌弃与忌讳，这实属对中国传统文化的误解。"四"在华夏文化体系中乃"天"之数，例如一年有四季，展眼有四方。"四"构成了我们文化意识里时间与空间的基本框架，所以中国人最喜欢"四通八达"的道路以及"四平八稳"的人生状态。因为按照"四"的节奏走，时序才不会混乱，方向才不会模糊。与此同时，"四"也构成了一种均衡与对称之美。例如魏晋时期的骈文，其格式被称之为骈四俪六，也就是每一句诗文前面四个字，后面六个字，这样诵读出来才朗朗上口，稳稳当当。

当然，李琼在结集《西江月》的时候，将其定格在第"四"本诗集的序位上并非是她有意安排。然而在我看来，诗集的第一首诗就暗合了"四"乃"天"之数的哲学意蕴。在中国文化体系中，"天"就是自然，是区别于人为的存在。翻开《西江月》第一首诗叫《原始森林》：

无人山也翠，有梦落花轻。

风过松影碎，鸟呼微雨惊。

这首诗短短二十个字，却以细腻的笔触勾勒出原始森林的清幽意境，其中充满了自然野趣与灵动生机。"无人山也翠"，即便是无人欣赏，群山依旧翠绿，它展现出了万事万物自然自在的生长，不受外界干扰的状态，凸显出山林的原始与纯粹；"有梦落花轻"将落花拟人化，赋予其梦境，轻盈的落花如同带着梦想飘然而下，营造出了一种静谧而又空灵的氛围，增添了一抹诗意的浪漫。"风过松影碎"，风的吹动让松影斑驳而破碎，从动态角度描绘，以"碎"字生动呈现风与松影之间的互动瞬间，画面感十足；"鸟呼微雨惊"，从听觉角度出发，鸟儿的啼叫仿佛惊动了微雨，以动衬静，将原始森林的幽静刻画得淋漓尽致，微雨被惊，更添几分活泼与清新。整首诗通过视觉、听觉的描写，动静结合，展现出原始森林未经雕琢的自然之美，表达诗人对大自然的热爱与敬畏，也引发读者对宁静自然的向往。

整首诗呈现出"天"的自然之理。正是因为"天"的宁静与无为，引发了诗人回归自然的期盼，于是在《原始森林》之后就有了《山居》的意愿：

一

天净云山远，林幽竹鸟喧。

红尘本无路，归梦水田间。

二

凤立池边柳，莺啼陌上花。

炊烟云里散，桃李满枝丫。

三

山高孤梦远，树老有藤依。

石上苔花净，云深带露飞。

这组《山居》诗以清新的笔调描绘出了山居生活的自然之美，同时也折射出中国人内心深处对归隐生活的向往。我们常常把"归隐"看成是一种逃避，然而换一个角度，我更愿意把它理解为是国人对自然的热爱与亲近。

在这三首诗中，诗人运用丰富且典型的意象构建出悠远且充满生机的山居意境。"云山""田间""竹鸟"勾勒出一幅开阔又清幽的远景，山高云淡，山林静谧，只有竹间的鸟儿在嬉戏打闹，欢快鸣叫，这一动一静间尽显山居的安宁与祥和；"池边柳""陌上花""炊烟""桃李"展现出山居生活的烟火气与蓬勃生机，池塘边柳树摇曳，田间小路上鲜花盛开，袅袅炊烟飘散，桃李满枝，呈现出一幅温馨美好的田园画面；"云深""山高""树老""石上苔花"营造出了一种高远与古朴的氛围，体现出了山居环境的清幽与深邃。

王国维在《人间词话》中说："能写真景物、真感情者，谓之有境界，否则谓之无境界。"对于诗词，王静安特别推崇一个"真"字，这里的"真"既是一种性情，也是一种人生的态度，更是诗人悲天悯人的意识。在这组诗中，诗人眼睛里的风景，激荡起心中的波澜，心灵的感动与自然的灵动融为一体，这个时候就会唤醒内心最真实的自我。"红尘本无路，归梦水田间"折射出了中国人文化基因中那份对自然无为的无限深情，可以说这是每一个中国人内心最勇敢、坦率、天真的状态。这就是王国维所说的"真"境界，这也是李琼第"四"本诗集巧合"天"数的哲韵之所在。

"西江月"原是词牌名，将它作为这部涵盖了诗、词、曲、赋、对联等多种文学体裁的集子的总名称合适吗？

"西江月"最早见于唐玄宗时期的《教坊记》。其调名从何而来，学术界并没有定论。有一说是来自于李白的《苏台览古》："只今惟有西江月，曾照吴王宫里人。"这里的"西江月"是指江上的月亮，"吴王宫里人"代指当年吴王宫中那些如花似玉的宫女、后妃以及诸多美好的事物。然而"只今惟有"西江之月见证着当年的繁华与如今的落寞。这四个字既道出了繁华消逝后的空寂感，又蕴藏着人世间瞬息万变的现实与无奈。但唯有西江之月亘古不变，它接纳并包容着人世间的千变万化，所以"西江月"被烙上了亘古永恒的意象。此时我们似乎才明白，作者将这本集子取名"西江月"的真正用意。

"西江月"调大致形成于唐五代时期，最初为民间流行歌曲，后来因为清越哀伤，转入法部道曲，在流传和发展过程中慢慢与文人创作统一，格律逐渐完善，最后直至脱离乐谱成为经典的文学范式。在李琼的这部《西江月》集子中，收集了一大组"西江月"词，读来宛如一阵清风，带着久违的宁静吹进心灵。

　　《西江月·椰子树》里，椰子树与海天一色，在风摇影动间，摇曳出一种豁达与自在；"生命何须堪破"，这是对生命本真的一种洒脱与接受，我们不必执着于问寻生命的答案，苦也好挫折也罢，享受当下便是生活。而《西江月·凤凰木》里，凤凰树上花红似火，它像星河间的不老精灵，在寂寞空山间却能与春风对坐，有着"是非曲直自消磨"的淡然，让人明白世间纷扰终会消散，唯有内心的坚守最为珍贵。

　　很喜欢李琼笔下的文定果、南山不老松、雪花、雪莲与苍溪梨花，因为它们无一不是自然的馈赠，也无一不绽放出深刻的哲韵。文定果"堪破前因后果"，有着心香淡定的从容；南山不老松"长对溪林沟壑，长弹明月松风"，扩散出一种遗世独立的清绝；雪花"风雨无形无色"，却在红尘滚滚中，让我们看到万物坚定的力量；苍溪梨花"清贫不羡蝶儿肥"，坚守着自己的高洁；雪莲以白雪为风骨，以白云为灵根，在天寒石冷中绽放，诠释着生命的坚韧与纯净。

　　《西江月·问道》更是将自然与人生的思考推向了一个新的高度，"自性本来清净，空山谁与逍遥"，在对自然的观照中，探寻内心的逍遥自在，在山水之间，在渔樵问答里，寻找着是非的界定与生命的真谛。

汉代《诗纬·含神雾》中说："诗者，天地之心。"其意思是说诗歌与天地自然是紧密相连的，诗既能表达天地之心，也能彰显人之性情。这部《西江月》是李琼对自然的礼赞与向往，也是她历经人生坎坷、奔波起伏之后的哲思。一篇篇韵文让我们在品味诗词之美的同时，也能静下心来，重新唤醒自己的生命体悟。

翻开李琼所有的诗文，她从《青石板路》走来，凝望着《雪中的月亮》，玉立在《西江月》下，书写着属于她的《诗意人生》。

2024 年 1 月 22 日于成都

马经义，教授，文学博士，中国红楼梦学会理事、北京曹雪芹学会理事。

# 目 录
## Contents

**诗——五绝**

原始森林 / 003

山居 / 003

立春 / 004

栈道即景 / 004

蚕豆花 / 004

柳芽 / 004

问月 / 005

仲夏月圆之夜即兴 / 005

雨后黄昏 / 005

听云 / 006

空山 / 006

观猴 / 006

山居 / 006

荷梗 / 007

荷韵 / 007

瀑韵 / 007

残荷 / 007

一串红 / 008

立秋感怀 / 008

借罗杉老师短文"是僧何

处去"成韵 / 008

七夕 / 008

秋风 / 009

偶感 / 009

清明 / 009

妇女节寄语 / 009

寻春 / 010

大雁 / 010

拙作《青石板路》出版
　　之际 / 010

秋雨 / 011

水 / 011

墨梅 / 011

老家即景 / 011

老猴子 / 012

有感小孩对医生的感谢
　　形式 / 012

三十年同学会送老师 / 012

清风 / 012

和理野老师《秋时》 / 013

题决明果 / 013


诗——七绝


花月吟 / 014

雅聚即兴 / 015

七夕即兴 / 015

题画 / 015

偶感 / 016

落日桂香 / 016

即兴 / 016

偶感 / 017

无题 / 017

咏荷 / 018

出伏盼雨 / 018

故里即景 / 018

月下 / 019

甲辰三月十八小憩望舒山房 / 019

山居 / 019

参观盐亭嫘祖故里 / 019

高山公路 / 020

题牧溪画 / 020

立春 / 020

贺南部汉服协会成立 / 021

清明 / 021

李正元老师篆刻《肖形印》
　　随感 / 021

桃夭夜语节选 / 022

咏柳 / 023

秋语 / 023

落叶归根 / 023

入伏翌日写荷 / 023

露珠 / 024

风情南部 / 024

赠罗杉老师 / 024

桃花 / 024

李花 / 025

玉兰花 / 025

三色堇花 / 025

处暑观云 / 025

御江云邸即景 / 026

谷雨时节禹迹岛 / 026

萼距花 / 026

醴峰观观景台即景 / 026

垂丝海棠 / 027

大丽花 / 027

处暑 / 027

观丹霞地貌 / 027

小寒 / 028

咏红叶 / 028

偶感 / 028

秋 / 029

偷春 / 029

仲春即景 / 029

五面山夜景 / 030

斜照吟 / 030

禹福桥 / 030

惊蛰 / 030

蝉花 / 031

无题 / 031

偶感 / 031

和郭庆澄诗《题图·春景》 / 031

红荨苘麻 / 032

题画 / 032

无题 / 032

白菊 / 032

卷帘体一组 / 033

无题 / 034

诗别文亮医生 / 034

清明 / 034

稻花香 / 035

题春耕图 / 035

无籽刺梨 / 035

题刘铭老师照片 / 035

读吕崇友老师书法 / 036

游张飞庙 / 036

金丝桃 / 036

题紫叶桃 / 036

挖野菜 / 037

致易名翁 / 037

即景 / 037

年味 / 037

借诗友廖周前"君何妙计避
　　红尘"成韵 / 038

龙凤源·桃花谷即景 / 038

墨 / 038

纸 / 038

砚 / 039

西河泛舟 / 039

小雪 / 039

冬至 / 039

泛舟 / 040

倒影 / 040

日暮观云 / 040

即景 / 040

山色 / 041

凤凰岛 / 041

青蛙 / 041

无题 / 041

贺刘铭老师生日 / 042

年初二审诗稿有感 / 042

栽秧 / 042

无题 / 042

无题 / 043

题一山水画 / 043

梨花 / 043

菜花 / 043

巴山大峡谷印象 / 044

题画 / 044

无题 / 044

秋风 / 044

无题 / 045

入伏第六日写荷 / 045　　　　无题 / 051

山居 / 045　　　　空山微雨 / 051

空翠蝉鸣 / 045　　　　菜花 / 051

虎言 / 046　　　　初春菜花 / 051

禹迹岛即景 / 046　　　　和理野《秋时》 / 052

深山观音 / 046　　　　波斯婆婆纳花 / 052

清泉 / 047　　　　桃花 / 052

梨花带雨 / 047　　　　梨花 / 052

老家即景 / 047　　　　斜阳 / 053

山中问答 / 048　　　　辘轳体嵌句"谁怕春深日影斜"

建山渡槽 / 048　　　　　节选 / 053

题刘铭老师照片 / 048　　　　暮春雨后 / 053

残荷 / 049　　　　黄昏 / 054

凌风 / 049　　　　残荷 / 054

夕阳 / 049

见一小鸟立于枯枝随波　　　　诗——五律

　节选 / 049

桃花 / 050　　　　山居两首 / 055

锅 / 050　　　　雨后赏丹桂 / 055

碗 / 050　　　　禅茶 / 056

笔 / 050　　　　白梅 / 056

山溪 / 057

护士节有寄 / 057

题绶带鸟出浴 / 057

秋菊 / 058

听赵太希讲《易经》 / 058

红枫 / 058

藤亦有道 / 059

晚餐五味 / 059

秋声 / 059

红枫 / 060

壬寅年腊八有感 / 060

观张仕明画 / 060

露 / 061

书翁夜话 / 061

云 / 061

也说舍身崖 / 062

秋雨 / 062

秋荷 / 062

荷语 / 063

观松 / 063

诗——七律

顶针格十首 / 064

写梅 / 067

也和诗友《茶》 / 067

霸王别姬 / 067

禹迹岛即兴 / 068

秋 / 068

小满思家 / 068

写梅 / 069

时光 / 069

纸 / 069

送母亲回乡做"膝关节置换术"
  有感 / 070

暮雨初歇 / 070

题八大山人《孤禽图》 / 070

雪 / 071

归来倚杖念摩诃 / 071

读故园老叟诗随感 / 071

又过腊八 / 072

芦花 / 072

秋桐 / 072

观瀑布 / 073

湖畔 / 073


词——二十四节气

清平乐·立春 / 077

朝中措·雨水 / 077

清平乐·惊蛰 / 077

鹧鸪天·春分 / 078

朝中措·春分 / 078

天仙子·清明伤春 / 078

踏莎行·谷雨 / 079

清平乐·谷雨听茶 / 079

清平乐·谷雨听雨 / 079

清平乐·立夏 / 080

浪淘沙·立夏 / 080

浪淘沙·小满 / 080

西江月·小满 / 081

清平乐·小满偶感 / 081

西江月·芒种 / 081

西江月·夏至听荷 / 082

清平乐·小暑听荷 / 082

采桑子·小暑听蝉 / 082

定风波·小暑黄昏即景 / 083

采桑子·大暑听风 / 083

太常引·大暑听蝉 / 083

喝火令·立秋 / 084

巫山一段云·立秋 / 084

太常引·癸卯立秋 / 084

鹊桥仙·立秋感怀 / 085

太常引·处暑 / 085

浪淘沙·白露在老家 / 085

惜分飞·秋分 / 086

蝶恋花·秋分观落日 / 086

鹧鸪天·壬寅秋分回老家
途中 / 086

浪淘沙·秋分 / 087

临江仙·甲辰寒露 / 087

浪淘沙·寒露 / 087

虞美人·霜降拾秋 / 088

浪淘沙·立冬步枫林 / 088

唐多令·小雪 / 088

武陵春·小雪听菊 / 089

朝中措·大雪无雪 / 089

清平乐·冬至 / 089

踏莎行·小寒八尔湖即景 / 090

卜算子·小寒有梅 / 090

西江月·岁别逢大寒 / 090


词——其他

西江月·椰子树 / 091

西江月·凤凰木 / 091

西江月·文定果 / 091

西江月·南山不老松 / 092

西江月·雪花 / 092

西江月·游锦屏山公园去

　　百病 / 092

西江月·苍溪梨花 / 093

西江月·仲夏 / 093

西江月·问道 / 093

西江月·雪莲 / 094

西江月·白荷 / 094

西江月·仙客来 / 094

西江月·稻花 / 095

西江月·酒 / 095

西江月·腊肉 / 095

西江月·鱼 / 096

西江月·临景 / 096

西江月·赠刘铭老师"南部文化"

　　公众号 / 096

西江月·年初二闲步绵阳西山

　　公园 / 097

西江月·兔年 / 097

西江月·山魂 / 097

西江月·菜花之童谣 / 098

西江月·除夕贺新春 / 098

西江月·癸卯年生日抒怀 / 098

西江月·近视防控进学校有感 / 099

西江月·也寄莘莘学子 / 099

西江月·也说端午 / 099

西江月·也说粽子 / 100

西江月·梨花 / 100

西江月·柳 / 100

喝火令·七夕如今 / 101

喝火令·雨 / 101

喝火令·云 / 102

喝火令·画 / 102

喝火令·竹 / 102

喝火令·红梅 / 103

喝火令·露珠 / 103

喝火令·雪 / 103

喝火令·风 / 104

喝火令·闪电 / 104

喝火令·水 / 104

喝火令·春 / 105

喝火令·夏 / 105

喝火令·秋 / 105

喝火令·冬 / 106

朝中措·腊八粥 / 106

朝中措·品蒙山茶 / 106

朝中措·参观文同清风馆
有感 / 107

朝中措·蒙山茶 / 107

朝中措·碧峰峡熊猫 / 107

朝中措·除夕 / 108

朝中措·听马经义教授抖音
《红楼梦礼仪文化之丧葬礼俗》
感秦可卿托梦王熙凤 / 108

朝中措·《玉观音》观感 / 108

朝中措·辛丑腊八 / 109

朝中措·嵌句"一生终老在
人间" / 109

朝中措·写梅 / 110

朝中措·乳虎撞春 / 110

太常引·笔笔是新荷 / 110

太常引·节节自分明 / 111

太常引·四川省诗词协会培训学院
第一、二届结业典礼有记 / 111

太常引·夜居青城山 / 111

太常引·暑雨 / 112

太常引·学游泳 / 112

巫山一段云·七夕话相思 / 112

巫山一段云·七夕相约望舒山房 / 113

巫山一段云·彼岸花开 / 113

9

破阵子·山寺古梅 / 113

破阵子·偶感 / 114

破阵子·江上 / 114

破阵子·蓦见花开 / 114

破阵子·参观落下闳

　纪念馆 / 115

行香子·闲聊四川 / 115

行香子·青海湖 / 115

行香子·青稞 / 116

行香子·半世红尘 / 116

行香子·老树横空 / 116

行香子·四季杜鹃 / 117

行香子·天宫院 / 117

行香子·青蛙写意 / 117

行香子·荷塘 / 118

采桑子·偶感 / 118

采桑子·读经 / 118

采桑子·冬日水杉林 / 119

采桑子·蜀葵 / 119

采桑子·蓖麻 / 119

采桑子·偶得 / 120

采桑子·从《石子羹》

　感意 / 120

采桑子·空山 / 121

感恩多·秋声 / 121

鹧鸪天·自嘲 / 121

鹧鸪天·雨打芭蕉 / 122

鹧鸪天·残荷 / 122

鹧鸪天·《隐入尘烟》

　观感 / 122

鹧鸪天·朋友雅聚 / 123

鹧鸪天·重阳 / 123

鹧鸪天·《红高粱》观感 / 123

鹧鸪天·《菊豆》观感 / 124

鹧鸪天·《大红灯笼高高挂》

　观感 / 124

鹧鸪天·刺梨 / 124

鹧鸪天·读张泽贵诗词集《疏影

　霞笺》 / 125

临江仙·写荷 / 125

临江仙·贺四川省散曲学会

　　成立 / 125

临江仙·野菊花 / 126

临江仙·荷风 / 126

临江仙·乡居 / 127

临江仙·瓦屋山遇雨 / 127

临江仙·雪中凤凰岛 / 128

临江仙·梅园 / 128

临江仙·文友雅集有记 / 129

临江仙·入伏第一天

　　写荷 / 129

虞美人·雪未来 / 130

虞美人 / 130

虞美人·徒步南部三桥 / 130

长相思·赏荷 / 131

长相思·冬漫长 / 131

长相思·定水老桥即景 / 131

长相思·秋花闭月时 / 132

长相思·远山一段长 / 132

长相思·牵牛花 / 132

柳梢青·追忆 / 133

柳梢青·老家即景 / 133

柳梢青·白荷 / 133

踏莎行·吟雪 / 134

踏莎行·南部中学 / 134

踏莎行·雪中听梅 / 134

水调歌头·红梅映雪 / 135

蝶恋花·深山日暮 / 135

蝶恋花·枫叶 / 135

蝶恋花·梨花 / 136

蝶恋花·李花 / 136

蝶恋花·玉兰花 / 136

蝶恋花·桃花 / 137

蝶恋花·追忆似水年华 / 137

忆江南·雪中火棘 / 137

忆江南·晨观绵阳三江 / 138

江城子·夜话江湖 / 138

江城子·秋 / 138

江城子·落日听蝉 / 139

霜天晓角·题高架鸟巢图 / 139

金缕曲·问来者 / 140

玉楼春·夜读"老皇皇"

　　随感 / 140

眼儿媚·兰 / 141

眼儿媚·巴茅 / 141

眼儿媚·寻梅 / 141

卜算子·元旦 / 142

卜算子·汤圆 / 142

卜算子·馄饨 / 142

卜算子·壬寅年寄自己 / 143

卜算子·九九消寒图

　　有寄 / 143

卜算子·鸡蛋 / 143

卜算子·子鼠 / 144

卜算子·酉鸡 / 144

卜算子·亥猪 / 144

卜算子·莲藕 / 145

花非花·醒非醒 / 145

忆秦娥·暮春空山即兴 / 145

忆秦娥·参观嫘祖故里 / 146

忆秦娥·凤凰岛即景 / 146

忆秦娥·花非花 / 146

忆秦娥·枇杷花 / 147

忆秦娥·白菊 / 147

青玉案·蚕豆夜语 / 147

青玉案·庚子说事 / 148

青玉案·杏花归梦 / 148

浣溪沙·元宵有寄 / 148

浣溪沙·江鸥 / 149

浣溪沙·喜迎春 / 149

浣溪沙·早春 / 149

浣溪沙·芍药 / 150

摊破浣溪沙·莲池雨后 / 150

如梦令·桃花 / 150

如梦令·装醉 / 151

如梦令·戏题刘铭老师爱说

　　"先人板板" / 151

如梦令·游贡院有感 / 151

如梦令·豌豆花 / 152

如梦令·听雪 / 152

如梦令·闹元宵 / 152

如梦令·狗尾巴草 / 153

如梦令 · 题刘铭老师照片 / 153

如梦令 · 无非风雨 / 153

点绛唇 · 咏桃花 / 154

点绛唇 · 空山有雨 / 154

点绛唇 · 斜阳 / 154

鹊桥仙 · 月见草 / 155

点绛唇 · 空山 / 155

点绛唇 · 空山行 / 155

鹊桥仙 · 黄桷兰 / 156

生查子 · 露珠 / 156

生查子 · 菊花 / 156

夜游宫 · 芙蓉 / 157

夜游宫 · 朱槿花 / 157

定风波 · 归去 / 157

江南春 · 残照 / 158

江南春 · 竹 / 158

钗头凤 · 芭蕉 / 158

钗头凤 · 芦花 / 159

钗头凤 · 坟前野菊花 / 159

武陵春 · 雪 / 159

武陵春 · 雪遇枯枝 / 160

武陵春 · 雪与菊 / 160

武陵春 · 黄昏 / 160

武陵春 · 听雪 / 161

更漏子 · 过年 / 161

南乡子 · 豌豆正开花 / 161

南乡子 · 寄怀 / 162

兰陵王 · 乡思梦 / 162

桃源忆故人 · 寄怀 / 163

桃源忆故人 · 油桐花 / 163

桃源忆故人 · 问槐花 / 163

忆王孙 · 酒话 / 164

忆王孙 · 棋话 / 164

忆王孙 · 茶话 / 164

风光好 · 品流年 / 165

惜分飞 · 再遇凌霄花 / 165

浪淘沙 · 滕王阁 / 165

浪淘沙 · 升钟湖即景 / 166

浪淘沙 · 空山听露 / 166

浪淘沙 · 观《三十而已》感顾佳 / 166

浪淘沙 · 《三十而已》观感 / 167

天净沙·秋 / 167

天净沙·秋云 / 168

天净沙·教师节 / 168

天净沙·西河即景 / 168

酒泉子·写在中元节 / 168

醉花间·咏柳 / 169

一剪梅·雪里幽幽淡淡香 / 169

一剪梅·医院建院八周
　　年记 / 169

一剪梅·年味 / 170

菩萨蛮·老家紫玉兰 / 170

菩萨蛮·菊花 / 170

菩萨蛮·紫蝶 / 171

菩萨蛮·山溪 / 171

菩萨蛮·蓼花 / 171

菩萨蛮·老家银杏叶有记 / 172

诉衷情·白鹳 / 172

苏幕遮·梨花 / 173

苏幕遮·水无形 / 173

苏幕遮·红枫醉酒 / 174

相见欢·风前花絮 / 174

相见欢·善护念 / 174

相见欢·残荷 / 175

相见欢·苍鹭 / 175

醉太平·残荷 / 175

清平乐·瀑布 / 176

清平乐·小小浪花 / 176

清平乐·《背叛》观感 / 176

清平乐·《画魂》观感 / 177

清平乐·忘忧草 / 177

清平乐·秋雨 / 177

清平乐·观《背叛》感
　　方子云 / 178

清平乐·痴狂老去 / 178

清平乐·七夕遐想 / 178

清平乐·中元节寄语 / 179

清平乐·祭奠二月 / 179

凤凰台上忆吹箫·竹林
　　深处 / 179

凤凰台上忆吹箫·芦苇有节 / 180

天仙子·芍药 / 180

人月圆·陵江石 / 181

阮郎归·医师节 / 181

阮郎归·雨中叠石花谷 / 181

阮郎归·游桃花源 / 182

阮郎归·雨中神龟峡 / 182

阮郎归·雨中识薄叶羊

　　蹄甲 / 182

十六字令·秋 / 183

捣练子·白露有寄 / 183

桂殿秋·念桂花 / 183

清商怨·小雪感何希凡诗句

　　"纵有高歌也自夸" / 184


散曲


【双调·沉醉东风】绵阳西山

　　扬雄读书台感怀 / 187

【双调·沉醉东风】绵州碑林

　　感怀 / 187

【双调·沉醉东风】黄菊

　　惊秋 / 187

【双调·沉醉东风】霜降日

　　感怀 / 188

【双调·沉醉东风】西安钟鼓楼

　　感怀 / 188

【中吕·醉高歌带喜春来】

　　华山掠影 / 188

【中吕·醉高歌带喜春来】

　　赞全红婵 / 189

【中吕·醉高歌带摊破喜春来】

　　国庆出游 / 189

【双调·驻马听】立冬凑句 / 189

【双调·驻马听】山野秋居 / 190

【双调·驻马听】黄山松

　　写意 / 190

【双调·驻马听】一叶轻舟

　　开画卷 / 190

【中吕·山坡羊】小雪嘉陵江

　　夜钓 / 191

【中吕·山坡羊】寒露 / 191

【中吕·山坡羊】白荷 / 191

【中吕·山坡羊】阆中滕王阁
感怀 / 192

【中吕·山坡羊】立春 / 192

【中吕·山坡羊】雨水无雨 / 192

【中吕·山坡羊】惊蛰
写桃花 / 193

【中吕·山坡羊】春分 / 193

【中吕·山坡羊】清明 / 193

【中吕·山坡羊】立秋 / 194

【中吕·山坡羊】相思一瓣 / 194

【中吕·山坡羊】莲莲有鱼 / 194

【中吕·山坡羊】雨荷 / 195

【中吕·山坡羊】金露梅 / 195

【中吕·山坡羊】七夕 / 196

【南吕·干荷叶】大雪 / 196

【南吕·干荷叶】四川三景 / 197

【南仙吕·醉罗歌】冬至 / 197

【南仙吕·醉罗歌】白云
升处海棠花 / 198

【仙吕·四季花】元宵闹春 / 198

【仙吕·四季花】中秋寄语 / 198

【仙吕·四季花】月城湖 / 199

【仙吕·四季花】老君阁 / 199

【仙吕·四季花】绵阳
富乐山 / 199

【越调·天净沙】平乐
古镇印象 / 200

【越调·天净沙】秋思 / 200

【越调·天净沙】高山
农家乐秋景 / 200

【越调·天净沙】芦花 / 201

【双调·新水令】小寒 / 201

【双调·折桂令】春分 / 202

【双调·清江引】小雪
后三日绵阳富乐山赏菊 / 202

【双调·清江引】梨花
带雨风带柳 / 202

【南吕·一枝花】大寒
忆麻柳沟 / 203

【仙吕·一半儿】成都
宽窄巷子拾零 / 204

【仙吕·后庭花】赏菊 / 204

【仙吕·一半儿】禹迹岛

　　即景 / 205

【仙吕·一半儿】长坪山

　　盐乡文化 / 205

【正宫·汉东山】一江

　　春水好梦揣 / 205

【正宫·汉东山】白露 / 205

【正宫·汉东山】秋分 / 206

【正宫·塞鸿秋】癸卯

　　立冬后三日访张澜故居 / 206

【正宫·塞鸿秋】中药组局 / 206

【正宫·塞鸿秋】半醒半醉

　　红黄色 / 207

【正宫·塞鸿秋】阆中古城

　　印象 / 207

【正宫·脱布衫过小梁州】

　　精诚眼科医院建院十周年 / 207

【正宫·脱布衫过小梁州】癸卯

　　冬月初四感飘了几颗雪米子 / 208

【仙吕·赏花时】元旦大雾 / 208

【商调·集贤宾】也来说道

　　嘉陵江 / 209

【中吕·喜春来】山寺桃花 / 210

【中吕·喜春来】春漾嘉陵 / 210

【中吕·喜春来】参加《蜀诗年卷

　　（2022）》首发暨培训学院

　　第三届学员结业 / 210

【中吕·喜春来】一帘风雨

　　青衫秀 / 211

【中吕·喜春来】桃花不做

　　相思客 / 211

【双调·水仙子】东风尽着

　　花模样 / 212

【双调·雁儿落带得胜令】

　　成都宽窄巷子 / 212

【双调·大德歌】苦楝花 / 212

【双调·大德歌】珙桐花 / 213

【双调·大德歌】蓝花楹 / 213

【双调·大德歌】礼赞

　　白衣天使 / 213

【双调·大德歌】立夏 / 214

【双调·大德歌】甲辰
　小满 / 214

【双调·大德歌】龚滩
　古镇游记 / 214

【正宫·甘草子】芒种
　听流水 / 215

【正宫·甘草子】夏至 / 215

【正宫·甘草子】端午节
　感念白素贞 / 215

【中吕·朝天子】龙宫
　风景区之漩塘遐想 / 216

【中吕·朝天子】小暑 / 216


赋

荷花赋 / 219

华山赋 / 221

升钟湖赋并序 / 223

梅花赋 / 226

麻柳沟赋 / 228

都江堰赋 / 231


对联

"山""水"一至七唱 / 235

自题半闲居 / 236

为望舒山房撰联 / 236

禅宗十牛图 / 237

牛年 / 239

题李正元老师印章 / 239

为南部药王寺撰联 / 240

为苍溪宝云寺撰联 / 240

甲辰九月二十八日宝光寺举行
　"中国楹联文化传承基地"
　　授牌仪式，撰联以贺 / 241

为灵云山撰联 / 241

其他 / 243

诗

# 五绝

## 原始森林

无人山也翠，有梦落花轻。
风过松影碎，鸟呼微雨惊。

## 山居

### 一

天净云山远，林幽竹鸟喧。
红尘本无路，归梦水田间。

### 二

风立池边柳，莺啼陌上花。
炊烟云里散，桃李满枝丫。

### 三

山高孤梦远，树老有藤依。
石上苔花净，云深带露飞。

# 立春

立春先立意，万物始轮回。
不怕空山老，东风枝上催。

# 栈道即景

绝壁揽风云，云天一色新。
青峰舒远黛，不辨有红尘。

# 蚕豆花

东风卷蝶帘，门外试青衫。
不做相思豆，归来好解馋。

# 柳芽

不问春风处，黄芽已立新。
斜阳归梦晚，不弃远山贫。

# 问月

问道云中月，清风几度闲。
吹箫丹桂下，记取是何年。


# 仲夏月圆之夜即兴

彩云涂夜色，揽月上高楼。
绿玉①无花醉，清风暗点头。

①绿玉：指绿玉树，光棍树的别称，多肉植物。

# 雨后黄昏

雨洗青峰后，白云闲处裁。
残阳归路净，照水过瑶台。

## 听云

云卷一天昏，云开一扇门。
云心禅落寞，总在大乾坤。

## 空山

空山送流水，花落鸟惊飞。
一树浮云意，无从说是非。

## 观猴

一纵乾坤大，枯藤绝壁间。
临渊可捞月，摘果戏空山。

## 山居

落花轻似梦，石畔卸妆容。
夜饮松风醉，山魂水月同。

# 荷梗

青腰欲掩门，一伞破天魂。
翡翠摇珠落，又听风裂痕。

# 荷韵

三秋残听雨，一夏翠随缘。
不叹春花落，心如明镜悬。

# 瀑韵

一曲飞珠颂，天河落梦圆。
只身东去路，一步一回弦。

# 残荷

一息有无间，风花把梦删。
云天知我意，空处叠青山。

## 一串红

一片嫣红地，横空画晚秋。
灵山心有路，个个荡扁舟。

## 立秋感怀

风行三万里，竹掩一庭秋。
蝉道青山在，云深不解愁。

## 借罗杉老师短文"是僧何处去"成韵

是僧何处去？脚下有乾坤。
树老风声远，花开方便门。

## 七夕

七夕是何夕？天河一道题。
牛郎今几岁？织女已扶藜。

# 秋风

秋风点子多，聚散笑呵呵。
叶落斜阳美，云归西北坡。

# 偶感

乡心烟雨色，客梦海天秋。
最怕风声急，归帆歌未休。

# 清明

如此清凉色，萧疏简淡中。
般般皆有意，不入世间风。

# 妇女节寄语

本是一枝花，诗书何用夸。
纤纤风月古，落落浣尘沙。

# 寻春

寻柳也寻花，东风不在家。
绿长红又短，何似旧年华？

# 大雁

大雁横空过，由来一字飞。
五常①何用背，万里总能归。

①五常：大雁乃禽中之冠，自古被视为"五常俱全"的灵物，
这也是大雁能飞几千公里而没有掉队的根本原因。

# 拙作《青石板路》出版之际

风花皆是梦，浊酒可成诗。
唯有初心在，无人堪与欺。

# 秋雨

秋雨洗梧桐，潇潇两不空。
愁丝刚结转，梦起小桥东。

# 水

无形亦无色，可染可皱风。
调在高低处，归心万古同。

# 墨梅

疏枝点墨痕，气韵动乾坤。
不是丹青手，原来别有根。

# 老家即景

深绿叠浅绿，蝉声听鸟声。
风云自来去，有竹笑相迎。

# 老猴子

听风花在手，拂雨果纵横。
放眼云天外，何须与世争。

# 有感小孩对医生的感谢形式

深深一鞠躬，善本在心中。
不是标新立，今人忘古风。

# 三十年同学会送老师

淡淡一枝花，是她还是她。
春风吹不老，流水怕涂鸦。

# 清风

清风不卖钱，只待月儿圆。
溪水淙淙过，失身扶管弦。

# 和理野老师《秋时》

花来风不笑，雨洗一山庄。
柳做相思客，云烟泪几行？


# 题决明果

秋天我是花，硕果雪中夸。
不是嫌春早，梅边欲剪霞。

# 七绝

## 花月吟

### 一

花影摇风香自许，月光漱石语谁听？
鸣虫最喜连台唱，不管孤烟正诵经。

### 二

风花不为红尘老，日月应怜青史贫。
莫问山溪深与浅，无形总比有形真。

### 三

古寺花间能说道，孤舟月下好听蝉。
流光若许回头客，只在初心不在天。

### 四

半壁石花听暮鼓，一轮新月挂青霜。
秋风懒向来年约，片片相思卸又张。

### 五

弄影飞花花似蝶，流波舞月月如烟。
井蛙不问秋阴苦，只道声声梦里天。

### 六

梦回老屋听花语，酒醒扁舟洗月华。
勘破星河多傲骨，不如放眼走天涯。

## 七

山邀松柏风邀月，君有云烟我有花。
只为诗钟敲得响，抽身不裹烂泥巴。

## 雅聚即兴

一两风声能对酒，半壶秋色可耕云。
光阴不怨花先老，还借相思说与君。

## 七夕即兴

鸣蝉更比秋风急，落日偏随绿水深。
一片闲云何处去，蓬莱问道独登临。

## 题画

红杏出墙云出岫，青山为骨水为魂。
溪声石畔长修竹，影共天心梦自存。

# 偶感

一味相思生白发，三分寂寞对浮云。
箫声在左风声右，只道溪山不道君。

# 落日桂香

小径空亭松度曲，疏篱落日桂飘香。
绝尘不带三分色，未见秋风遍地凉。

# 即兴

花落深山春恨少，僧归古寺月空悬。
从来寂寞红尘客，一把相思付管弦。

# 偶感

## 一

梦断芦花摇月影，酒醒枫叶动秋声。
新诗若用白云买，涧底苍松可独行。

## 二

雨落空山不用参，云深之处结茅庵。
青苔无处听忠义，巧借流光作笑谈。

# 无题

## 一

意与寒山诗兑酒，风吟老树月如霜。
江湖买醉何须借，到老初心一样长。

## 二

南山之隼能冲宇，北海之鹏可举天。
独喜深秋不言语，繁华落尽更扬鞭。

## 咏荷

### 一

不卖风流不卖贫，从来无用示天真。
浮生到此方知味，瘦骨三分自绝尘。

### 二

一笔天然一笔新，根连花叶俱精神。
此心只合清凉路，至简至疏还至纯。

## 出伏盼雨

一两秋风化作眉，半山落叶带云飞。
天高不怕红尘老，纸上萧萧横笛吹。

## 故里即景

门泊青山窗过月，庭前蝶舞落花空。
微风起岸星河远，云醉乾坤静水中。

## 月下

白云缥缈竹清修，古调临风水上舟。
一线生机须细看，半窗明月正如秋。

## 甲辰三月十八小憩望舒山房

诗书有味在天然，犹有时人学苦禅。
箫声吹醒云中月，梅兰竹菊对青莲。

## 山居

空山寂寂散幽香，溪水潺潺着淡妆。
一叠白云浮翠绿，缘风西去又东航。

## 参观盐亭嫘祖故里

文化不分南与北，蚕蛹不辨古和今。
丝丝入扣走天下，却道乡心即我心。

# 高山公路

落花带雨草儿肥，不与红尘说是非。
燕子双双临老屋，山前怕是故人归。

# 题牧溪①画

一叶一枝皆放眼，半山半水俱抽身。
只因笔墨唯心到，花落花开两处春。

①牧溪：俗姓李，号牧溪，四川人，代表作品有《老子图》《松猿图》《远浦归帆图》《潇湘八景图》。

# 立春

谁许西风吹寂寞，谁凭风雨问黄昏？
梅花一瓣相思泪，撒向春深不住春。

## 贺南部汉服协会成立

一曲清音入汉霄，谁家有女小蛮腰。
溪边任剪春秋色，花下听风云水谣。


## 清明

桐花瘦了清明雨，燕子斜穿杨柳枝。
结句何须风引路，向天莫寄旧相思。


## 李正元老师篆刻《肖形印》随感

蛮腰仗剑古人风，一念飞天四海同。
内外方圆只一道，洪荒放眼入无穷。

# 桃夭夜语节选

## 一

柳丝笑我太招摇，醉了唐朝又宋朝。
流水如今还独步，弯弯曲曲影迢迢。

## 二

东风笑我太痴情，不怕无声怕有声。
千古描红一种色，飘然坠下欲倾城。

## 三

白云笑我太匆匆，不叩东风叩晚风。
洗尽铅华回首处，柴门半掩月相逢。

## 四

流光笑我太多愁，半把斜阳一梦收。
不肯倾心来送别，先将青翠点枝头。

## 五

空山笑我太开心，自点腮红湿绿襟。
有酒还邀明月舞，纷纷落地两难寻。

## 六

斜阳笑我太殷勤，硬把三分染七分。
不舍春光一大片，归来岂肯换罗裙。

# 咏柳

风骨不输梅与雪，心如碧玉梦如花。
诗中剪作相思色，莫寄章台更自夸。


# 秋语

山高可伴野云孤，但看秋风卷地无。
唯有光阴不贱卖，三分玉骨把花扶。

# 落叶归根

来路依稀似遮掩，身轻何必系帆船。
回头此岸即彼岸，一把秋风月又圆。


# 入伏翌日写荷

独坐莲台为哪般，清风不比月儿闲。
平常吃饭平常睡，花落花开一息间。

## 露珠

我看珍珠是佛珠，拈花一笑有还无。
空山不借多愁雨，一串飞天一串扶。

## 风情南部

孤蓬生色有无中，三界三千瘦影同。
修得此心明镜里，回头彼岸破春风。

## 赠罗杉老师

罗列星河棋一局，东南西北马归山。
英雄莫作飞花雨，杉木成林俯仰间。

## 桃花

不与东风争胖瘦，回眸一笑落成诗。
劝君莫道花开早，一把沧桑解语迟。

# 李花

不卖风流不卖贫，一山落寞一山春。
白云深处花无色，只有清溪恋故人。

# 玉兰花

一曲霓裳信手弹，清清白白不相瞒。
沧桑铺就轮回路，半是风声在涅槃。

# 三色堇花

层层彩蝶锁猴腮，曼妙风姿向雪开。
不似神仙归有路，春前带泪落瑶台。

# 处暑观云

风云送暑出边关，莫道阳春带紫烟。
上下乾坤同一梦，阴阳内外一方圆。

## 御江云邸即景

明月窗前一径深，松风水上漫成林。
醉中犹记桃花雨，不落云天落古今。

## 谷雨时节禹迹岛

三月芳菲不减，鸢尾杜鹃上演。
迷人总在枝头，张张皆是笑脸。

## 萼距花

星星零落紫云中，不对春风对晚风。
山水无心听我意，任凭飞雪醉梅红。

## 醴峰观观景台即景

沧桑岁月云天梦，看尽春花雪月空。
不问红尘多少事，轻敲暮鼓醒山风。

## 垂丝海棠

桃红柳绿不堪争，韵自高闲骨自清。
忘却春心春梦里，潇潇风雨洗红缨。


## 大丽花

深秋带露任风夸，疑是墙边落晚霞。
不掩雍容华丽色，绝尘若影瘦黄花。

## 处暑

半是流云半是风，清凉只在晓星中。
金黄一片鸣蝉醉，不似秋阴锁碧桐。


## 观丹霞地貌

谁画青山色不同，丹霞一把醉长空。
沧桑有骨云天立，道尽先机在此中。

## 小寒

凌霜傲雪数枝梅，且共从容瓦上堆。
莫问闲云今几度，小寒深处听惊雷。


## 咏红叶

敢言落日三分醉，更染深秋一味红。
来去皆为天地客，萧萧不与百花同。

## 偶感

### 一

诗句初裁千里月，光阴不发旧时花。
元知好梦如流水，盗取天心各一涯。

### 二

何事西风也白头，芦花隔岸晒清秋。
相思不许皴红色，独坐江心一点愁。

# 秋

## 一

看云何处栖孤雁，听月凭空降晚霜。
无梦方知离恨远，有诗落尽菊花黄。

## 二

明月作琴花作曲，青山为侣水为舟。
风中问道何须远，一寸光阴一寸秋。

# 偷春

柳偷春色雨偷风，柳自长长雨自空。
我欲偷春意未尽，黄昏独自去匆匆。

# 仲春即景

枇杷青涩也听琴，谁画桃夭色太深。
默默成蹊是山李，东风不入旧时林。

# 五面山①夜景

一城灯火一江春，两岸青山月一轮。
五面听风风不语，落花总向后来人。

①五面山：位于南部嘉陵江畔，因山有五面而名。

# 斜照吟

天心流浪到黄昏，一任云烟把梦吞。
错把斜阳当锦缎，轻歌曼舞叩柴门。

# 禹福桥

水底白云何事多，乾坤一体洗清波。
桥头放纵听桥尾，梦是春风月是歌。

# 惊蛰

莫道东风深与浅，菜花又得故人怜。
斜阳一抹同君去，梦里春秋梦里天。

## 蝉花

也听风雨也听心，也入高山也入林。
钟鼓依稀尘外客，醒来已是落花深。


## 无题

一船一月一清风，哪管红尘一瞬空。
看那云舒云又卷，痴心放胆会苍穹。

## 偶感

风听花开花自叹，雨听水调水长闲。
云听一树斜阳晚，我听君心不欲还。


## 和郭庆澄诗《题图·春景》

不与春风过小桥，山花昨夜又吹箫。
箫声起落惊君梦，梦里分明路不遥。

## 红萼苘麻

无弦也动霓裳曲，一树风铃一树诗。
今日归来风细细，庭前最美月低垂。


## 题画

黄叶皴山水听风，竹篱茅舍静修中。
浅滩闻笛催寒鸭，几望西来几望东。

## 无题

丹桂丹心共雨红，云烟落地梦香中。
秋深不怕秋风急，衰草痴眠月色空。


## 白菊

迎风一展傲红颜，梦锁诗心冷月边。
听醉空山流万古，清凉噬酒退方圆。

# 卷帘体一组

梅红雪白并双肩，兰若君心叶叶弦。
竹影娑婆尘外客，菊黄霜冷对婵娟。

## 一梅
梅红雪白并双肩，一夜东风醒大千。
草长莺飞起新韵，深深浅浅过云天。

## 二兰
兰若君心叶叶弦，一弦一曲似华年。
空山可泼苍凉意，流水无声品自坚。

## 三竹
竹影娑婆尘外客，潇湘馆里听流泉。
原知归去春花落，一缕幽香净土前。

## 四菊
菊黄霜冷对婵娟，把酒西风水欲燃。
秋色不谙加减法，梧桐未扫杏①缠绵。

①杏：指银杏叶。

# 无题

2019 年 10 月 5 日晚在微信群"巴蜀艺苑"聊天时，刘铭老师把他的打油诗"张打油不带刘打油，刘打油自去黑山头，黑山头里有酱油，打它一壶当老酒。"发了出来，一时贪玩，写了此诗。

一壶老酒煮春秋，哪里飞花哪里溜。
说是残荷瘦点好，哪堪明月正低头。

# 诗别文亮医生

无愧苍天无愧心，他年一梦到如今。
只身前往黄泉路，可与神农把酒斟。

# 清明

山河一卷清明色，山是风骨水是魂。
若效东风吹更远，飘然一举过昆仑。

# 稻花香

篱前无事稻花香，一把清风枕上凉。
犬吠方知宾客至，田田荷叶蝶儿忙。

# 题春耕图

水是云烟山是墨，花来皴染柳来描。
斜阳问路风声远，只见天心不见樵。

# 无籽刺梨

花开花落两重天，绝地还生奏凯旋。
无籽归来亦无道，似醒似醉似无边。

# 题刘铭老师照片

船载青山对影闲，清风一醉许花眠。
泠泠细雨空空舞，飞鸟声声抹素弦。

## 读吕崇友老师书法

流水空山自在春，石间有韵拂轻尘。
西风只扫闲愁路，更把落花飞近邻。

## 游张飞庙

一把香梳一壶酒，旅程源自古万州。
张飞梦里重游地，怒目圆睁看沐猴。

## 金丝桃

金蝶翩翩把梦沉，丝丝雄蕊弄春心。
听风扫雨红颜褪，立夏裁云论古今。

## 题紫叶桃

半开半闭把香留，帐里深红半是羞。
蜂蝶缘来知是客，只花不果亦风流。

## 挖野菜

枇杷青涩夕阳下，风暖花飞翠绿中。
结伴偷闲揪野菜，晚餐醉酒梦犹同。

## 致易名翁

一笺一笔一乾坤，一砚一风临月魂。
一洗一番玄古意，醉来一墨一烟尘。

## 即景

一树斜阳一树诗，半江云水论相知。
青山默默横波舞，醉揽清风欲语迟。

## 年味

街头巷尾挂灯笼，玉兔迎春一样红。
白雪梢头催得紧，梅花枝老更扇风。

## 借诗友廖周前"君何妙计避红尘"成韵

君何妙计避红尘？孤坐清风月一轮。
对境无弦弹古调，对缘着墨写精神。


## 龙凤源·桃花谷即景

一溪云影过桃花，此际春风住我家。
酒醉只需心里有，缘来孤独走天涯。

西—江—月


## 墨

山河表里掌中求，笔下生风古意流。
黑白之间莫问道，花分五色梦难休。


## 纸

心似梨花还胜雪，身如飘絮不言归。
闲时笔老三分半，瘦处无人说是非。

## 砚

可装天地可装风，眼不瞎来耳不聋。
一纸云烟何处去，枯藤挂月洗寒宫。

## 西河泛舟

斜阳一剪碧波开，醉向云烟把梦裁。
欲语空山知进退，清风一路不徘徊。

## 小雪

芦花似雪长精神，且送斜阳一片云。
至此秋风皆落寞，星河孤立碎如银。

## 冬至

山河无恙风咳嗽，落日发烧溪水凉。
唯有梅花不问雪，三分剪影七分藏。

# 泛舟

谁撒珍珠不白头，青山两岸绿幽幽。
小河不解人间事，只在花间曲意流。

# 倒影

重重叠叠各清明，风自悠悠鸟不惊。
一叶扁舟乘兴起，缥缥缈缈带天行。

# 日暮观云

一池白玉碎清波，又把天灯落①玉河。
玉骨无形更无色，三千幻影不蹉跎。

①落：此处读 là。

# 即景

半山半水半船风，半道斜阳半是空。
不问凤凰涅槃事，凌波只向那桥东。

# 山色

一湖山色洗清秋，鸿雁翩翩动画楼。
杨柳芦花闲钓晚，云烟自在梦悠悠。

# 凤凰岛

山青云白水中央，一岸秋风巧设防。
始借炊烟说归处，凌波不语是斜阳。

# 青蛙

不明不白不休，王子何处泛舟？
雨洗空山新柳，荷塘清浅如秋。

# 无题

至简至繁空色，至浓至淡云烟。
至疏至密形影，至高至低随缘。

## 贺刘铭老师生日

一声清脆破寒空，瑞雪纷飞万里同。
母子平安添傲骨，年年此日对梅红。

## 年初二审诗稿有感

谁把光阴半酿诗，读来终觉是陈词。
春风已剪江边柳，何不听梅醉梦时。

## 栽秧

春风扶绿正栽秧，斗笠蓑衣天地扛。
云水之间瞄变数，向前向后总相当。

## 无题

风作春秋雨作年，风风雨雨一空弦。
黄昏不记来时路，月落溪流梦又圆。

# 无题

雨后山花颜色好，云前溪水古弦空。
枯藤不断来时路，半把斜阳一缕风。

# 题一山水画

云生风骨在云中，山画方圆不尽同。
万壑无端生妙境，一溪留白会苍穹。

# 梨花

曾落江湖一梦中，春光不与四时同。
乾坤赐我真颜色，蜂蝶依稀几缕风。

# 菜花

美是春风花是海，色如烟雨梦中来。
不知彩蝶何多虑，落寞无声古韵开。

# 巴山大峡谷印象

山高水急白云多，鸟自空啼花自歌。
绝壁抚琴风雨醉，枯藤挂蔓也婆娑。


# 题画

巧把云烟入画中，修禅不借万山空。
扁舟系柳疏篱动，月落黄昏一缕风。

# 无题

心静何堪花落去，诗穷不老岸边风。
谁怜新月天机浅，水上云烟一点通。


# 秋风

芦花带露略张扬，流水听松势更狂。
岭上和烟有真味，山高何用种炎凉？

## 无题

流水无为高格调，青山不老旧时光。
白云自有归来日，月举天心势更长。

## 入伏第六日写荷

荷花不似雨声多，雨打荷花梦一梭。
别有玄机无处道，禅门半掩踏清波。

## 山居

朝迎日出晚归凉，风带清新月带香。
浊酒一杯花入睡，局残打马问玄黄。

## 空翠蝉鸣

蝉鸣空翠雨生烟，似占先机说道玄。
一夜清凉频入梦，风高剪影到秋前。

# 虎言

莫借山高说我狂，莫凭海阔论荒凉。
溪流照月空千古，风雨无声正远航。


# 禹迹岛即景

清影幽藏千古梦，阳光流动一江春。
松风不问廊桥事，但把云烟意写真。

# 深山观音

日月云移香梦幻，春秋开悟色空谈。
半溪清水流芳去，一枝①山花笑向禅。


①枝："枝"字出。

# 清泉

一眼清泉醉石魂，落花古镜照幽深。
风尘煮酒心依旧，日月抚琴影动人。

# 梨花带雨

云缠雾绕清凉梦，我许春天扮素容。
谁夸①梨花风带雨，花雨②零落各虚空。

①夸："夸"字出。
②雨："雨"字出。

# 老家即景

半山竹秀残花韵，峰挺沧桑傲古音。
落叶分明归路净，偏留池水唱幽深。

# 山中问答

断雁听松问老翁，云烟几许念尘红？
雪山遗梦西风瘦，闲水流芳自在空。

# 建山渡槽①

横空出世丈云端，天水悠悠递善缘。
不弃红尘三万里，青山尽染绿桑田。

①建山渡槽：玉溪河水利工程的一段，穿山洞而出，全长998米。读中学时经常去玩，就在学校头顶。

# 题刘铭老师照片

一

碧水凌波一色开，晴空揽黛向云裁。
鸟醉风轻花弄影，一叶扁舟款款来。

二

万里云天万里闲，青山依旧揽花眠。
夕阳西下徘徊处，碧水人家瘦影寒。

# 残荷

褪尽红颜蕊有香，绿萍带雨话幽凉。
卷帘欲动熏风梦，偏爱莲心苦不张。

# 凌风

碧水凌风一叶舟，斜阳断尾不回头。
青山隐隐开天际，不在红尘几度秋。

# 夕阳

一江碧水一江云，千古何人不识君？
无意青山疏远虑，瘦归月下好修文。

# 见一小鸟立于枯枝随波逐流

云天生水尔生风，顾盼之间万里同。
不管青山无限事，只凭足底丈星空。

# 桃花

山风筛雨粉桃花，一半珠帘一半纱。
零落溪边听暮鼓，和羞却向水中夸。

# 锅

清蒸慢煮自煎熬，不与东君论小乔。
独步江湖一张嘴，何须把酒话辛劳。

# 碗

圆圆可照云天月，寂寂可装尘世风。
笑口常开非本意，谁人胆敢破其中。

# 笔

千古文明一管风，未开天眼悟穷通。
为奸为恶凭心断，无事生非几度空。

## 无题

霓虹嫁得彩云飞，落地朱帘醉了谁？
明月无声听惆怅，嫦娥今夜只低眉。


## 空山微雨

空山微雨洗心尘，荻老秋深万物真。
流水闲弹青石调，云烟低首顾频频。

## 菜花

不惊不怖是黄花，蝶舞蜂飞任尔夸。
道是涅槃归净土，一群吃客在天涯。


## 初春菜花

半是风寒半是花，初开即是好年华。
罗裙不带无边月，只顾低头锁晚霞。

## 和理野《秋时》

千门不对杏花开，却怨杏花墙外栽。
满把相思平地起，隔屏翻作钓鱼台。

## 波斯婆婆纳花

星星点点自成溪，遥望蓝天色不迷。
唤得春风长梦醒，斜阳归后鸟空啼。

## 桃花

芳菲画尽春之色，不与繁花比浅深。
醉别天涯零落雨，沧桑一意守初心。

## 梨花

无尘无色月牙高，何动诗心走一遭？
天地不知谁是我，白云深处换青袍。

# 斜阳

斜阳有味味三寻，上下云烟幻古今。
不是空山颜色好，扁舟之外也浮沉。

# 辘轳体嵌句"谁怕春深日影斜"节选

## 一

谁怕春深日影斜，山花放眼过尘沙。
空山欲枕乾坤梦，流水听风剪晚霞。

## 二

芳草萋萋亦有涯，晴空描黛照落花。
隔帘试问风中客，谁怕春深日影斜？

# 暮春雨后

一笔皴开山雨过，群花散作晚霞来。
空山不解红尘事，却让清风把玉裁。

# 黄昏

半虚半掩一柴门，风自蹒跚泪自吞。
日月窗前多寂寞，白云醉酒锁黄昏。

# 残荷

三分淡墨三分骨，云水禅心入画图。
自系轻舟还笑傲，倩谁醉后要风扶？

## 山居两首

### 一

深山道不多，一叶一婆娑。
唯有风知雨，能生薜与萝。
溪流空宛转，日色费吟哦。
几度花相照，云烟且放歌。

### 二

三三在插秧，两两地头忙。
水在白云里，花开稗子旁。
青山何以乐，红日不曾狂。
柴火深知味，灰中把梦扬。

## 雨后赏丹桂

风过雨无痕，唯留秋更深。
丹心香玉露，绿叶净纤尘。
悟得青山梦，禅开万古音。
夕阳长袖舞，明月醉乾坤。

# 禅茶

一叶搅云天，春秋任尔担。
浮沉今古事，拿放有无间。
问月邀宾客，鼓琴听影闲。
同禅甘露<sup>①</sup>美，归去访蒙山。

①甘露：指蒙顶甘露，中国十大名茶之一，中国顶级名优绿茶，
也是中国最古老的名茶。汤色黄中透绿，味醇甘鲜，浓郁回甜。

# 白梅

冷艳不欺雪，孤芳映日红。
冰肌凝玉骨，铁干傲苍穹。
庾岭春先到，罗浮梦未空。
飞卿如有意，共醉月明中。

# 山溪

源头不见头，自在石间流。
律动青苔舞，缘深倩影留。
潺潺开善意，曲曲画屏幽。
无意芳魂魄，山花淡定修。

# 护士节有寄

不使英雄气，如梅带雪归。
春来花有色，日落月余晖。
瘦影扶天路，初心惕白衣。
恒常真善美，誓与梦齐飞。

# 题绶带鸟出浴

荷塘轻照影，出水问莲心：
落落花红处，单单月影深。
佛前无过往，客梦有浮沉？
不计风中事，闲来纵古今。

## 秋菊

本是诗心客，人间自在花。
凌霜生傲骨，向晚净尘沙。
山雨闲斟酒，清风漫煮茶。
白云黄鹤去，不负此年华。

## 听赵太希讲《易经》

三易阴阳道，玄黄自太希。
听风听雨起，把梦把心归。
既得空明月，何抛万古衣。
穷通曼妙处，一韵破天机。

## 红枫

一意动秋声，霜风傲骨迎。
枝头飞瑟瑟，石上落轻轻。
照影红流水，描眉忘贵庚。
凤求凰莫舞，捣练子坚贞。

## 藤亦有道

天开一道门，道道可销魂。
风雨无颜色，云烟锁泪痕。
缘随清影梦，绿写地球村。
亘古光阴客，何须事事跟。


## 晚餐五味

清水煮白菜，依稀明月寒。
既知君意冷，又恐素衣单。
搁点葱姜蒜，加成麻辣酸。
风尘频掩泪，全在自心宽。


## 秋声

大雁过长空，千山断复通。
云深锁尘梦，舟浅搁凉风。
一叶迷离舞，半溪形影红。
天心听天籁，动静几相同。

## 红枫

山山红写意，不用问来春。
寂寂云烟锁，幽幽小径伸。
风回弦欲舞，叶动笔羞陈。
梦在高天外，何须总出新。

## 壬寅年腊八有感

熬药也熬粥，全凭一把风。
黄昏挑冷雨，白雪魅孤鸿。
半碗江湖水，何来耳目聪。
酸甜苦辛辣，说佛本来空。

## 观张仕明画

漠漠清寒夜，尤怜一树花。
疏枝开半醉，淡影揽微斜。
才破低头月，又横天净沙。
空山凭黛色，漫雪不思家。

# 露

无意湿君心，随风自在吟。
清圆生万象，明净锁秋阴。
珠落阳春曲，帘开流水琴。
斜阳蓦回首，千里落花深。

# 书翁夜话

文字有神功，能醒万世风。
横掀千古月，竖扫六维空。
枉断乾坤事，误描深浅红。
非关君影碎，我本一山翁。

# 云

谁借古琴弦，飞身化作烟。
重行千里路，再续半生缘。
翠竹听风雨，沧桑别洞天，
斜阳明月共，执剑点良田。

## 也说舍身崖

山高不算高，老树画眉梢。
风有千般意，云深万丈腰。
三分蝉切切，几许梦飘飘。
绝壁成其大，何须一念抛。

## 秋雨

秋雨邀秋绪，绵绵把酒斟。
吹拉弹唱舞，喜乐醉沉吟。
兀立云天岸，幽怀入世心。
霜寒听白露，动静悟之深。

## 秋荷

满腹清凉梦，秋风问道闲。
云天悠远意，水岸独超然。
碧叶扶花舞，蜻蜓浪蝶前。
枝枝扬素韵，朵朵绝尘缘。

# 荷语

一吸乾坤醉，一①呼万象生。
裁云花雨别，盛月夜风清。
伞下闲幽意，花间对影倾。
春秋禅一道，向善路明明。

① 一："一"字出。

# 观松

自在抖苍穹，立根绝壁中。
云烟呼吸断，风雨去无踪。
日日修为处，心心一念通。
而今观过往，冷看世间风。

# 七律

## 顶针格十首

（以"风花雪月诗酒茶琴棋书画"为顺序。）

### 风

无声无影在虚空，你是铃儿我是风。
一醉花间生曼妙，总凭雨后步玲珑。
无形可剪新枝梦，有量偏随海浪东。
云卷云舒闲淡处，青山依旧古今同。

### 花

青山依旧古今同，花谢花飞色即空。
不管春秋何处是，只缘风雨满山红。
斜阳听梦归心净，拂晓开窗淡墨浓。
明月依稀疏影浅，同君别后自敲钟。

### 雪

同君别后自敲钟，哪管东风与北风。
云水禅心归有路，阳关三叠去无踪。
枯枝又见新芽绿，细雨常听一地红。
不是伊人敲月色，卷帘何事问青松。

西
—
江
—
月

# 月

卷帘何事问青松，石上清泉石上风。

山挂浮槎送谁去，海悬玉带与谁同。

花间筛影三分醉，岸边流光万里空。

蝶梦幽幽若有寄，诗书淡淡自从容。

# 诗

诗书淡淡自从容，诗意清新本有踪。

诗起山花开四季，诗和瑞雪傲三冬。

诗歌诗律千般事，诗韵诗篇几缕风。

明月闲来听旧梦，真心煮酒寄长空。

# 酒

真心煮酒寄长空，一步星河一步风。

不醉千山明月畔，只眠一柳杏花中。

香飞蝶舞闲庄子，雾卷云吞入汉宫。

长乐未央①新万里，醒来不辨是西东。

①长乐未央：分别指长乐宫和未央宫。

## 茶

醒来不辨是西东，一碗清茶问老翁。
昨夜迷香明月下，今朝听鸟竹林中。
花无谢意君无我，水洗诗心梦洗风。
若得半闲今古对，禅茶一味试新红。

## 琴

禅茶一味试新红，古韵悠悠古刹钟。
放眼云天声渐远，回弦彼岸意无穷。
揉而可断千江水，抹又轻乘万里风。
白浪飞珠敲幻梦，平沙落雁洗空蒙。

## 棋

平沙落雁洗空蒙，万里云天一色中。
马放西山春草绿，剑藏幽谷落花红。
楚河汉界频来往，黑白阴阳总畅通。
也养豪情生智慧，闲开骚客古人风。

## 书画

闲开骚客古人风，一纸云烟万壑中。
流水落花裁入梦，花光蝶影滤成空。
梅兰竹菊天涯客，春夏秋冬不老翁。
书画同源诗心淡，七分写意三分容。

## 写梅

离尘一绝芳菲色，枝影横幽淡淡开。
寒彻花光添傲骨，香摇魂魄远襟怀。
风中零落心如故，夜里翩然雪未来。
流水空山霞照晚，早春寄梦把云裁。

## 也和诗友《茶》

云天有梦在心中，水月无痕一缕风。
最爱青山颜色好，何劳烟火寂寥通。
新诗渐老根尘净，妙曲长贫真意同。
倏尔高歌莺起舞，竹林古调夕阳红。

## 霸王别姬

千古江山千古梦，是非成败转头空。
霸王无愧泰阿剑，虞美犹寒隔岸风。
一曲高歌悲婉绝，漫江冷月洗殷红。
轻舟若许渡江去，白发还期入画中。

# 禹迹岛即兴

自古红尘皆是梦，一帘山水一帘风。
闲听钟鼓烟波起，任点浮萍画笔工。
翠绿飞花明似镜，玄黄生妙有还空。
柳丝不语归来燕，芳草无声道始终。

# 秋

秋云淡淡不张扬，秋水悠悠静气长。
一岸风吹花影动，半溪柳舞竹枝凉。
残荷桂子诗书韵，细雨梧桐菊月霜。
妙在倏归天地色，星河放眼看洪荒。

西—江—月

# 小满思家

开门见山山有涯，村名飞水<sup>①</sup>我来夸。
山青岭秀依依柳，云淡风轻面面纱。
梦里观音知过往，溪边老树落红花。
异乡风雨异乡客，总把痴心付晚霞。

①笔者老家飞水村，村中有一观音塑像，远近闻名。

# 写梅

孤山鹤影绕寒枝，铁骨冰心入画时。
数点胭脂凝雪魄，一襟风月铸清姿。
林逋旧梦今犹在，弘仁新图意更奇。
莫道春来无觅处，暗香浮动笛横吹。


# 时光

一把风流煎细雨，三分熟透七分青。
光阴不问来时路，明月何谈满腹经？
只此红尘生寂寞，谁怜古调寄零丁？
半山孤独云烟起，坐看无形化有形。


# 纸

清清白白出深山，寂寂幽幽为哪般？
莫道红尘皆是梦，但凭笔墨独听闲。
乾坤无意时光老，日月从来步履艰。
对酒何须惧风雨，不妨一笑任增删。

## 送母亲回乡做"膝关节置换术"有感

一生辛苦有谁知？举步维艰话几时。
天地不仁生万物，春秋有序报无期。
空山明月逍遥罢，流水飞花自在驰。
儿女如今皆长大，东风不向故人思。

## 暮雨初歇

西—江—月

谁洒珍珠钓夕阳，飞花不语暗生香。
红尘过客风姿瘦，碧水青天蝶影长。
柳掩浮萍芳草绿，蛙听菡萏杏梅黄。
浮云一片眉梢过，不锁春愁就地扬。

## 题八大山人《孤禽图》

空山寂寂本无人，流水潺潺不语春。
自古多情非好汉，从来有道是天真。
飞花重举清凉夜，细雨尤怜弱小身。
一意孤行凭黑白，羚羊挂角入星辰。

# 雪

道是春来二月花，霜风冷冷不堪拿。
眉间一点相思色，枝上何时玉带斜？
水笑青山头发白，烟寒落日醉容佳。
围炉夜话终须别，盗取诗心莫乱夸。


# 归来倚杖念摩诃

秋风快乐我也乐，我问秋风梦几何？
水比青山多妩媚，青山比水更巍峨。
云深不锁红尘色，滩浅能听明月歌。
老树无非凭执着，归来倚杖念摩诃。


# 读故园老叟诗随感

风高不醉帝王家，一担斜阳就落花。
既笑山川皆自许，常思天地奈谁夸。
横吹柳絮如飘雪，竖写春秋似纺纱。
窥破星河归路远，任凭诗酒兑年华。

# 又过腊八

三分烟火告爹娘，不费盐来不费糖。
赤豆桃仁莲子苦，桂圆百合枣泥香。
可闻白雪风中色，且执红梅瓦上霜。
各自桌前一杯酒，东风调寄热心肠。


# 芦花

烟为风骨雨为魂，隔岸前村步后村。
有酒可听帘卷暮，得闲总怕月敲门。
渔樵横笛清流曲，天地无私老泪痕。
不是霜寒今夜白，诗心高调褪余温。


# 秋桐

凭栏无力拒黄昏，信手低眉自写真。
疏影娟娟清且浅，飞身漠漠净而纯。
敢情明月不知恨，掬水云烟若有根。
欲掩霜风天更老，听谁独步小山村？

# 观瀑布

越岭穿山抛白练，摇珠动玉挂川前。
蝉鸣幽涧花香舞，石醉青苔古色掀。
兴拍山风平两岸，穷连痴路绝云烟。
仙踪绿野非卿志，向善而行海量宽。


# 湖畔

影在江湖心在岸，雁飞花语落蹊闲。
远山入画清风问，垂钓临波一色关？
黄蝶飘然香梦醉，空亭漏处夕阳残。
人生苦短乾坤大，再读逍遥悟半缘。

词

# 二十四节气

## 清平乐·立春

立身立命，立德东风醒。早有梅花枝上请，一岸柳芽得令。 池塘燕子归来，斜阳带笑离开。莫替诗心把酒，是花总要登台。

## 朝中措·雨水

一笺风月洗红梅，绝处燕来归。借得一方春色，何须道破天机？ 空山寂寂，浮云片片，细雨如诗。醉到东君已醒，才知落笔无题。

## 清平乐·惊蛰

不惊不诧，滚滚雷声下。烟雨蒙蒙风一架，劫去劫来何怕？ 人生一半从前，醒来即是春天。就此无嗔无恨，白云落寞空山。

## 鹧鸪天·春分

　　昼夜无声把梦分，风光至此最迷人。桃花醉眼开天色，翠柳舒眉写意真。　　扬梦远，启程新，一江春水半山云。黄昏不问黎明志，只在黎明续半春。

## 朝中措·春分

　　半红半绿把春分，拂晓至黄昏。流水空山有意，落花不再思君。　　青梅如豆，风修寂寞，月上昆仑。隐隐雷声入梦，半醒半醉乾坤。

## 天仙子·清明伤春

　　一米阳光春梦醒，几许清风来入定。花红柳绿燕衔泥，松有兴，天不应，水自唱歌山自挺。　　草长莺飞霜雪横，三月樱花空满径。诗书落寞鬼裁云，孤鸿影，蛤蟆镜，月祭黄昏多陷阱。

## 踏莎行·谷雨

风送春归，雨生百谷，青青麦子三分熟。扶犁陌上任花飞，黄牛不解霓裳曲。　　莎草迷离，水田肥沃，彩云浪迹阳光毒。儿童戏蝶总销魂，销魂何系声声促。

## 清平乐·谷雨听茶

清凉一片，且把风舒展。莫说水天云阔远，相见何如不见？　　浮沉聚散无凭，溪前花落曾经。不是空山有意，哪来布谷声声？

## 清平乐·谷雨听雨

浮云一串，可把初心拌。小麦青青开画卷，不许珍珠作乱。　　牡丹泼墨如诗，光阴就地成池。深浅何须再论，杨花醉卧疏篱。

## 清平乐·立夏

石榴如火，翠影风中坐？一把相思先上锁，水借流光结果。　　斜阳起舞婆娑，白云老在山坡。柳絮依依不舍，纷纷坠入星河。

## 浪淘沙·立夏

手足并乾坤，目送三春。双肩拾翠扫风尘。梦里青莲天籁起，夜雨无痕。　　花落过柴门，怕是君魂。莺歌燕舞柳沉沦。杏子枝头催得急，泼墨调匀。

## 浪淘沙·小满

碧水浣斜阳，一意流芳。松风落寞梦难扛。浅草丛丛深柳色，何用梳妆。　　天地本无常，任尔疏狂。平平淡淡最清凉。花落闲愁知几许，小满时光。

## 西江月 · 小满

　　小满人家最富，篱前明月高悬。青蛙击鼓也听蝉，只有风声不断。　　夜醉温凉似水，梦醒执笔无言。梅肥草长翠翩翩，一切恰如初见。

## 清平乐 · 小满偶感

　　蛙声一片，欲把斜阳断。到底天涯回首客，舍却枝枝蔓蔓。　　凌波起舞云烟，青松从不多言。只是一心一意，听风听雨听蝉。

## 西江月 · 芒种

　　杨柳不胜酒力，麦芒不舍浮云。榆钱默默送花神，一枕清凉何论？　　谁种风风雨雨，谁收拂晓黄昏？谁留明月在红尘，拈得星空成韵？

## 西江月 · 夏至听荷

　　一片清凉似水，二三落寞如云。半池碧玉碎黄昏，有酒何须有恨？　　几度痴狂落寞，依然次第天真。清风无主雨无痕，只说莲台已近。

## 清平乐 · 小暑听荷

　　菩提解表，知了非知了。千古诗文君不老，莲子莲心通晓。　　出头只为云烟，风中拨动琴弦。调似星星明月，凉如大海高山。

## 采桑子 · 小暑听蝉

　　绿杨深处听蝉语，只此清凉。梦短风长，但借高腔频出场。　　云深不怕江湖老，醒又何妨。醉又何妨，明月疏桐在故乡。

# 定风波·小暑黄昏即景

一道斜阳向晚开，云天照影自抒怀。白鹭悠悠轻戏水，迷醉，波光洗面净尘埃。　　芳草听蝉鸣两岸，渐远，空山续断韵长排。一叶扁舟闲掷网，浅唱，星河入梦月悄来。

# 采桑子·大暑听风

清凉枕雨时光老，滋味浓浓。石上听风，一半苔花一半松。　　潺潺流水寻幽梦，一瞬无踪。竹影横空，一瞬惊秋几度同？

# 太常引·大暑听蝉

山深无语破长空。也学打头风。晓梦醒三盅。到黄昏、花开一丛。　　声随云海，舟摇明月，何以问仙踪。栖凤是梧桐。相思畔、天青墨浓。

## 喝火令·立秋

立意云天外，何须一叶舟。送清风阵阵同俦？星月桂香花落，横竖在三秋。　　日月年年似，阴阳暗暗收。任时光默默无求。醉也烟樵，醉也雨休休。醉也梦如溪水，半去半回流。

## 巫山一段云·立秋

谁道秋风急，天边一片云。悠悠江水过前村，诗意落黄昏。　　且许微凉醉酒，莫让孤烟出岫。稻香一枕住蝉鸣，隐隐试秋声。

## 太常引·癸卯立秋

梧桐寂寞一天秋。世路不回头。唯有把身抽。向明月、从容泛舟。　　丁香豆蔻，淡烟清露，无处话风流。是雨就能休。独许我、三分自由。

## 鹊桥仙·立秋感怀

秋风送别，夏云暗渡，江畔寻凉阔步。秋蝉鸣处柳飘飘，一叶舞、欣归天路。　　茶亭座满，轻舟翩至，独钓江山无数。波平雁过月留声，几点雨、花飞江暮。

## 太常引·处暑

彤云缥缈在山巅。今夕是何年？梦里也听蝉。直化作、风中白莲。　　澄江玉宇，光阴正好，对景莫寒暄。不舍旧时船。问来处、鸠鸣月圆。

## 浪淘沙·白露在老家

白鹭柳含烟，翠竹珊珊。庭前屋后有清欢。韭菜玫瑰红绿色，几处相看。　　欲问又无言，父母双肩。春秋一度逝华年。水月徘徊听拂晓，哪见辛酸？

## 惜分飞·秋分

草木微黄秋已半，注定相思宜短。一树斜阳懒，鸟飞叶落钟声倦。　　明月悠悠还轻叹，谁在顶风作案。细细来分辨，石榴柿子排成线。

## 蝶恋花·秋分观落日

红落西边香睡早，梦里尘封，总是云兄晓。醉别何须崖岸靠，愁肠九曲迷津道。　　曼舞秋风寒意告，自嫁西楼，日日清歌妙。暗妒云霞修品貌，一秋花絮三秋闹。

## 鹧鸪天·壬寅秋分回老家途中

一道秋风一道梁，人闲听雨更疏狂。白云总在山间走，红叶何须画里扬。　　飞似火，冷如霜，一颦一笑自开张。三分秋色三分梦，一路诗长脚也长。

西—江—月

## 浪淘沙·秋分

桂雨剪金秋，几许闲愁？花开花落梦难留。诗意诗心裁入画，敢问缘由？　月举一扁舟，碧水悠悠。青峰何必总抬头。雁字排空云淡淡，最美沙洲。

## 临江仙 · 甲辰寒露

此去空山多夜雨，荻花拒绝衔愁。三分得意一分秋。相思滋傲骨，落叶自清修。　客喜僧归谁忘却，西风独立潮头。云舒云卷梦难留。寒霜侵瘦菊，明月荡孤舟。

## 浪淘沙·寒露

衰草铺金黄，雨后斜阳。秋风不识又何妨？一叶飘零乘兴起，地与天长。　世味最难量，但举轻狂。浮云点点湿流光。花落疏篱人渐老，菊正张扬。

## 虞美人·霜降拾秋

拾秋何以声声醉，不舍愁滋味。空亭一半菊花开，惹得纷纷叶落梦飞来。　　高天一把云烟锁，郁郁胸中火。古时明月古时风，但见半生旷达半生穷。

## 浪淘沙·立冬步枫林

风骨立斜阳，虽瘦何妨？素颜一掷旧时光。已枕梅花飞雪梦，衰草低昂。　　落叶自疏狂，不举离觞。飘飘洒洒猛登场。放眼云山皆寂寞，万象幽藏。

## 唐多令·小雪

轻叩雨和风，轻呼白与红。梦归来、月卷帘栊。何处一声轻叹息，不问我、问穷通。　　到底是飘蓬，凌波瘦几重？黯销魂、冷冷青松。欲买光阴多酿酒，花有信，色还空。

## 武陵春·小雪听菊

花谢不弹离别调，耿耿试秋声。到底浮光怕有情，错落曼倾城。　　醉取一丝烟火意，足够踏歌行。水水山山梦里横，梦里骨分明。

## 朝中措·大雪无雪

由风吹落几层云，煮酒到黄昏。无雪无梅无绪，无端荒废青春。　　秃枝有韵，芦花已醒，鸟献殷勤。到底平常日子，何须句句成文。

## 清平乐·冬至

阴阳论道，雪比红梅俏。由弱变强风一棹，不是天心不老。　　汤圆饺子轻舟，诗歌瘦影如钩。生命何来背叛，一锅明月难收。

## 踏莎行·小寒八尔湖即景

一鸟轻飞，一梅幽放，纯阳洞别来无恙。斜阳老树对高枝，东君正扮归模样。　　一岸残荷，一湖倔强，芦花瑟瑟频张望。小桥镜影锁天心，有形却把无形量。

## 卜算子·小寒有梅

独独一枝梅，催得斜阳紧。明月幽幽照影来，岂被江河困。　　最冷在心尖，善恶常思忖。半把浮云半把风，自在听花信。

## 西江月·岁别逢大寒

寂寂空山老树，潇潇翠竹芦花。霜风执意走天涯，不羡红墙碧瓦。　　水远云多梦短，梅红雪白无瑕。一声钟鼓漫浮槎，已是灯笼高挂。

## 西江月·椰子树

本与海天一色，闲来影动风摇。阳光枝上看渔樵，梦比诗心高调。　　生命何须堪破，远山如立眉梢。倩谁因果论知交，别后相思一棹。

## 西江月·凤凰木

谁道空山寂寞，凤凰不老星河。阳光一缕醉成酡，十里春风对坐。　　所幸瑶台清绝，冰心只许嫦娥。是非曲直自消磨，一笔相思带过。

## 西江月·文定果

堪破前因后果，风花不问归程。菩提树下月空明，唯见星河耿耿。　　大海容颜依旧，光阴时醉时醒。红红火火一身轻，最是心香淡定。

## 西江月 · 南山不老松

　　长对溪林沟壑，长弹明月松风。枯藤漫道海天同，清绝一帘幽梦。　　拾得云间碎影，可栖南北孤鸿。悬崖峭壁卧苍龙，醉见众星高拱。

## 西江月 · 雪花

　　风雨无形无色，白云无果无根。何须为我立黄昏，落入红尘滚滚。　　万物何其坚定，诗书不醒乾坤。山空水冷月牙新，念尔霏霏有韵。

## 西江月 · 游锦屏山公园去百病

　　草木无悲无喜，风烟无古无今。阆山阆水湿云襟，巧借空蒙织锦。　　楼阁亭台隐隐，晓钟暮鼓沉沉。八仙洞外看碑林，誓与流光共饮。

## 西江月·苍溪梨花

梦里孤山不改，来时白雪纷飞。清贫不
羡蝶儿肥，颗颗春风揉碎。　　一瓣心香独许，
虬枝泼墨如梅。云烟出岫写相思，恰似美人
垂泪。

## 西江月·仲夏

翠盖撑圆明月，白荷巧写文章。蛙声阵
阵梦修长，不着无边之相。　　所见皆为寂寞，
所思尽是阳光。随风一句好儿郎，此际孤山
独享。

## 西江月·问道

自性本来清净，空山谁与逍遥？落花未
必懂闲聊，一缕阳光恰好。　　半袖松风落梦，
疏帘溪月苗条。是非界定在渔樵，隐隐扁舟
问道。

## 西江月·雪莲

白雪裁为风骨，白云散作灵根。天寒石冷女儿身，岂止少年英俊。　　水远不谈寂寞，山高不舍黄昏。归来恰似一分春，明月瑶池相问。

## 西江月·白荷

莫道风长水碧，须知意动花开。亭亭恰似故人来，曲调粼粼不改。　　举目青山未老，低头岁月成材。谁怜寂寞独登台，一叶孤舟轻快。

## 西江月·仙客来

玉兔盛装奔走，白云半袖春风。福安只要一枝浓，仙客来时归梦。　　月下弹琴煮酒，依稀影淡腮红。何如君子冷相逢，望见天心高耸。

## 西江月·稻花

雨后天心为鉴，风前云水沧桑。春秋只是梦还乡，不用隔山相望。　　粥里无须计较，诗中帘卷西窗。丰年煮酒夜来香，就此花开万象。

## 西江月·酒

曾助武松打虎，曾邀明月团圆。曾经沧海水云间，酿了一江温暖。　　天地青春依旧，黄昏拨动琴弦。人生自古少清欢，醉后不知有汉。

## 西江月·腊肉

自带三分烟火，可消万古闲愁。平常日子也风流，拂晓前黄昏后。　　腊月登堂入室，席间白璧神游。杯盘狼藉猛回头，爱是开心出走。

## 西江月·鱼

酸菜剁椒油炸，红烧水煮清蒸。大年三十喜盈盈，弄个完完整整。　　不羡空中飞鸟，悠然大海航行。一呼一吸具分明，谁钓孤峰一领？

## 西江月·临景

天地无非一梦，枯枝老树凌风。玉郎何故问青松，喋喋不休谁懂？　　水远山高路滑，暮寒酒醒楼空。溪前冷冷看梅红，莫为光阴挽总。

## 西江月·赠刘铭老师"南部文化"公众号

自古风云变幻，从来山水流长。春花秋月细思量，见证而今盛况。　　有约升钟垂钓，闲描禹迹斜阳。谁夸摄影胜天堂，任尔幽幽遐想。

# 西江月·年初二闲步绵阳西山公园

蒋琬墓前松柏，子云亭上阳光。红梅开在白梅旁,青石别来无恙。　　纵是枯枝衰草,也能放胆文章。三分意境七分狂，不许东风着相。

# 西江月·兔年

山野清风几许，落花如醉如痴。茕茕白兔写相思,万物生生不已。　　捣药年年岁岁,黎明横笛而吹。吉祥如意且无欺，爱你和和美美。

# 西江月·山魂

山路弯弯无语，山风习习轻扬。山前山后数昏黄,总是离人难忘。　　山雨淅①淅沥沥，山花洒洒洋洋。生平件件又桩桩,不舍初心无量。

①淅:"淅"字出。

## 西江月·菜花之童谣

冷雨听风落寞，金黄写意云霄。不皴不染不妖娆，自带三分孤傲。　　向晚怡然自得，篱前欲谱童谣。花开花谢太无聊，还我青春可好？

## 西江月·除夕贺新春

天地青春不老，江湖明月同圆。今宵歌舞话平安，枝上红梅点点。　　桌上推杯换盏，诗中空谷流泉。人生路上不孤单，心有阳光一岸。

## 西江月·癸卯年生日抒怀

既有诗心明月，何须梦里逡巡。江湖看淡即天真，哪怕风花一瞬。　　疏影堪知昏晓，灵山处处皆春。醒来执笔写烟云，树老眉低舟近。

## 西江月·近视防控进学校有感

且与阳光赛跑，春风开在眉梢。白云朵朵尽弯腰，唯见青山不老。　　上下乾坤一指，文明薪火滔滔。精诚视界对天骄，一路红花绿草。

## 西江月·也寄莘莘学子

雁舞长空破晓，云深出岫来风。孤山有境意葱茏，任尔飞龙栖凤。　　横画苍天明月，竖描壮志腾空。凭谁能道落花红，勤在书田耕种。

## 西江月·也说端午

粽叶纷纷出世，青蒿落落登场。白云深处好风光，最是佳人模样。　　画里龙舟渐远，诗中黛色飞扬。离骚一曲酒三觞，都到屈原府上。

## 西江月·也说粽子

纵借清风明月，横装谷物山川。有棱有角有余弦，喜载斜阳归岸。　老父三杯浊酒，高僧一句新篇。谁穷寂寞锁孤烟，屈子乘虚往返。

## 西江月·梨花

本是天真一味，何来烂漫三分。诗心写意入闲云，誓扫贪嗔痴恨。　回首星河明月，莲台有路无根。凭空却又醉黄昏，梦里青山隐隐。

## 西江月·柳

袅袅婷婷似梦，丝丝缕缕如风。波心不钓夕阳红，任尔林林总总。　兀自花前飞絮，飘飘一抹晴空。当知此处最从容，莫念生生与共。

## 喝火令·七夕如今

织女描眉罢，牛郎炒股中。正荧屏点点匆匆。花絮满溪飞舞，清泪对梧桐。　　雨打芭蕉夜，僧敲彼岸风。又浑浑噩噩懵懵。乱许巴山，乱许蜀南松。乱许水天明月，不变是苍穹。

## 喝火令·雨

万物清零处，潇潇任尔归。道乾坤落寞恢恢。云梦水边残月，无语对芳菲。　　柳戏春风岸，花开五色肥。借高山大海迂回。也画兰心，也画竹之眉。也画鹤楼听雪，不用总相随。

## 喝火令·云

淡淡随风去，绵绵带雨归。落花流水瘦还肥。山岸柳烟樵外，何处不低眉。　　缈缈蓝天梦，飘飘井底诗。竹篱茅舍动相思。莫问莲心，莫问竹边溪。莫问月斜生象，进退自如时。

## 喝火令·画

泼墨云天净，皴风点线虬。任山山水水横流。老树听蝉无语，绝壁挂穷秋。　　欲染三更梦，闲抛一段愁。看枝枝叶叶沉浮。意在虚空，意在白中求。意在象而非象，皓月是同谋。

## 喝火令·竹

翠拂天心白，青描陌上霜。就青青翠翠流觞。风雨卷帘幽叹，不止是斜阳。　　画有诗书意，琴横纵马缰。放声歌罢好还乡。瘦了身长，瘦了骨何妨。瘦了菊兰梅影，更见尔疏狂。

## 喝火令·红梅

　　冷冷千般意，红红一片云。听禅何怕落风尘。不是雪山遗梦，不是月沉沦。　　浅浅诗心画，深深傲骨存。舍枝枝末末晨昏。绝处寻声，绝处觅无痕。绝处醉扶归路，半是自销魂。


## 喝火令·露珠

　　万物清凉举，孤光白雪寒。一身高洁水云间。来去不留痕迹，无挂也无牵。　　小草相思泪，苔花梦里天。几多风雨可成全？问道溪流，问道月儿湾。问道晓来声醉，颗颗了尘缘。


## 喝火令·雪

　　落日红颜褪，苍天白鬓迎。更潇潇洒洒纵横。柔顺净观三界，无处不澄明。　　大海高山止，天堂地狱平。别卿卿我我卿卿。要唱纯元，要唱素泠泠。要唱雅中千韵，妙合月倾城。

## 喝火令·风

可醒三更梦。能掀万丈松。助青黄不屑
胭红。云卷雨筛沙漏，千里自从容。　　本
醉无声处，偏知有色空。伴晨钟暮鼓西东。
看那帆扬，看那影朦胧。看那雁飞残月，天
地在心中。

## 喝火令·闪电

正负云间客，阴阳雨后歌。借雷声阵阵
凌波。天地本无虚设，何处不相摩。　　绚
烂如花落，迷离似梦过。任东西上下滂沱。
晓见风清，晓见月婆娑。晓见醉中犹记，内
外一星河。

## 喝火令·水

洗尽风尘后，无为净土前。对疏疏朗朗
云天。听雨听心听善，缘聚是桑田。　　绝
处飞身奏，低洼叠韵弹。任坡坡坎坎流年。
暗里和弦，暗里唱清欢。暗里润花滋月，骨
肉入三千。

# 喝火令·春

雪里梅花落，诗中五柳归。为桃红李白干杯。烟雨夜来休问，何处不芳菲？　　总是东风醉，尤怜杏子肥。引莺歌燕舞争魁。一曲箫声，一曲笛相随。一曲水田幽梦，最美在疏篱。

# 喝火令·夏

翠绿翻荷盖，清凉问本心。白云休去论浮沉。烟雨岸边贪醉，柔弱哪堪吟。　　彩蝶翩翩舞，疏篱日日深。水长山远话青衿。又若天阳，又若地之阴。又若道中无道，妙善独登临。

# 喝火令·秋

自带三分色，难言二月风。一弦离绪满愁容。松下问童何事，横笛不敲钟？　　水浅芦花闹，星稀淡月同。海边归雁正匆匆。落寞枫丹，落寞桂清宫。落寞露莹霜白，胜过晚霓虹。

# 喝火令·冬

冷月寒霜傲，冰魂玉骨销。锁春秋一梦年梢。阴极更催阳动，非是仗英豪。　　欲辨三根净，禅听万物凋。把前尘往事轻抛。俯仰山川，俯仰水迢迢。俯仰昊天龙凤，化作绿之腰。

# 朝中措·腊八粥

糊涂煮就一锅春，邀月论迷津。流水不知高下，山花不解黄昏。　　天堂太远，寒宫太冷，苦为何因？端掉经年旧事，听风落定乾坤。

# 朝中措·品蒙山茶

白云带雨画中行，一叶见真情。总是空蒙对酒，何须隔岸相倾？　　风花开眼，诗书养性，往事堪听。梦里三千皆苦，浮沉莫问年庚。

## 朝中措·参观文同清风馆有感

半山修竹半山风，醉里问诗翁。若待黄昏雨后，白云何止从容。　　文开南极，才滋北海，寿比苍松。道者无须说道，玄黄喜兑嫣红。

## 朝中措·蒙山茶

与君道得半生缘，最是在明前。只此一芽一叶，何当梦里听禅。　　时光煮酒，东风结句，翠合云闲。流水无悲无喜，恰能随顺方圆。

## 朝中措·碧峰峡熊猫

憨憨傻傻胖乎乎，黑白走江湖。能跑能吃能睡，牙尖爪利如如。　　树高不惧，风高不动，天地茅庐。听惯空山鸟语，醉来日月相扶。

## 朝中措·除夕

东风已在水云间，千里共婵娟。杨柳何须半醉，海棠自许方圆。　　灯笼高挂，红梅养眼，写意春联。莫说相思太远，梦回福至心田。

## 朝中措·听马经义教授抖音《红楼梦礼仪文化之丧葬礼俗》感秦可卿托梦王熙凤

红尘一梦去如烟，临别未曾喧。本是英雄末路，江湖何止孤单。　　风声淡淡，黄莺婉转，月落深潭。翠竹青春依旧，白云向晚听蝉。

## 朝中措·《玉观音》观感

一

爱情本是火中花，一瞬即天涯。言不由衷何苦，终归雁落平沙。　　有缘相聚，无缘相守，风雨交加。从此梦中见你，依稀最美年华。

二

　　一颦一笑一回眸，明月荡孤舟。本是前生注定，无端细雨楼头。　　风中长发，云中背影，去意难留。醉看红尘纷扰，何须再问缘由。

## 朝中措·辛丑腊八

　　一瓢清水煮乾坤，幸福有三分。五谷杂粮同粥，风花雪月同魂。　　平安快乐，吉祥如意，万象更新。醉了人间烟火，红梅又在思君。

## 朝中措·嵌句"一生终老在人间"

　　一生终老在人间，只有月儿圆。有酒何须看戏，无情莫对空弦。　　斜阳击鼓，白云横笛，正唱《天仙》。恰似风回彼岸，花腔调寄从前。

# 朝中措·写梅

一枝风雨一枝花，出走即天涯。有道何须论道，有茶便煮清茶。　　生来性雅，诗心孤傲，不侍喧哗。瑞雪知君豪迈，飞身几度烟霞。

# 朝中措·乳虎撞春

虎头虎脑撞春风，点点破梅红。翠绿铺开画卷，闲云朵朵葱茏。　　海棠放纵，柳芽淡定，枝老梧桐。爱在五湖四海，墩墩牵手容融①。

①墩墩牵手容融中的"墩墩"和"容融"分别指 2022 年北京冬季残奥会的吉祥物"冰墩墩"和"雪容融"。

# 太常引·笔笔是新荷

孤灯瘦影写婆娑。笔笔是新荷。明月笑呵呵。听蛙鼓、南坡北坡。　　云烟浅浅，馨香淡淡，好梦待张罗。清露滴心窝。三分醉、多哉不多。

西—江—月

## 太常引·节节自分明

凌云修得色青青。节节自分明。千里任纵横。风过处、萧萧有声。　　文同执笔，苏仙泼墨，不必借阴晴。两两曼相迎。论高下、根深可凭。

## 太常引·四川省诗词协会培训学院第一、二届结业典礼有记

青城问道橘先黄。佐酒著文章。小脚丈斜阳。只记得、山高水长。　　虚空无主，松风有信，尽是好儿郎。何以表疏狂？击暮鼓、裁云入场。

## 太常引·夜居青城山

芭蕉夜里又题诗。秋雨涨秋池。古调寄相思。却似月、分明在兹。　　一窗孤寂，一腔别绪，山老凤来栖。黄菊对疏篱。风兀自、挑灯不疑。

## 太常引·暑雨

来来去去自由身。梦里黯销魂。何处问天真？一杯酒、听风约人。　　叶摇花动，鸟鸣山静，看似已无痕。蓦地卷残云。呼啦啦、潇潇似君。

## 太常引·学游泳

青蛙蹬腿腿长长。换气莫匆忙。月亮待梳妆。脚下是、高山海洋。　　一伸一划，能高能下，远近又何妨。新手弄霓裳。胜似那、蛟龙入场。

## 巫山一段云·七夕话相思

耿耿星河泪，茫茫无处寻。一肩风雨湿云襟，不近故人心。　　自古瑶台寂寞，此去何须用药。相思击鼓且随缘，一辈子参禅。

## 巫山一段云·七夕相约望舒山房

谁道相思苦，天边一片云。上无茅舍下无根，转瞬又黄昏。　　听得洞箫声起，调入高山流水。从来有爱在红尘，酒醉月牙新。

## 巫山一段云·彼岸花开

缘浅何须聚，情深色即空。来如烟雨去如风，泛影问飘蓬。　　因果今生无解，彼岸圆通无碍。无常本与有常同，念念碎无踪。

## 破阵子·山寺古梅

风雨无非一夜，空山从不多情。流水落花闲过往，一树枯枝任纵横。云烟若梦醒。　　雪里生香本色，诗中傲骨无争。不剪春秋盲作絮，不待东君嫁作萍。只缘古佛听。

## 破阵子·偶感

　　我本花痴一个，因风误入红尘。扯下闲愁千万丈，追逐天边一片云。输赢各几分？　　流水空山自去，枯藤欲挂黄昏。终究沧桑难写意，落魄江湖假做真。松间月一轮。

## 破阵子·江上

　　江水悠悠如故，风光美美如图。正是人间三月雨，宛转黄莺岸上呼。烟霞把柳扶。　　白鹭凌波起舞，茵茵芳草衔珠。泼墨裁云难写意，新绿枝头梦不孤。风流自卷舒。

## 破阵子·蓦见花开

　　蓦见花开无主，翩翩黄蝶成群。定是他家诗客醉，举酒轻狂乱入云。相思总有因。　　落落大方有品，孑然独立无尘。隔岸山山和水水，见证长空洗泪痕。天心不骗人。

# 破阵子 · 参观落下闳纪念馆

谁道星河遥远，分明太历浑天。节序立春经谷雨，白露秋分至大寒。陵江水月圆。　　石径窗花弄影，青砖碧瓦流丹。落叶纷纷思故老，松柏森森鸟自闲。朝朝似过年。

# 行香子·闲聊四川

拜水都江，问道青城。峨眉秋月为君停。草堂春色，宽窄何凭？看山重重，风浩浩，水泠泠。　　文明古国，春秋笔墨，有金沙蜀锦三星。禅茶品酒，南北纵横。尽芙蓉面，麻辣烫，笑相迎。

# 行香子·青海湖

绿草经幡，纵马云端。牛羊自在水和山。青稞煮酒，翡翠镶嵌，是风之韵，雨之调，梦之巅。　　少年一曲，花儿一曲，载歌载舞弄平弦。一条哈达，护佑平安。用春之心，夏之胆，雪之肝。

# 行香子·青稞

　　种在高原，收在高原。七分魂魄饰经幡。一芒一穗，穗穗平安。更耐高温，耐雪冻，耐风寒。　　家家酿酒，醇香扑鼻，不醉黄昏醉桑田。糌粑豪放，日对三餐。月下归来，听炉火，解诗篇。


# 行香子·半世红尘

　　半世红尘，风雨同舟。谁知我、与梦清修。空山流水，花落春秋。问身边事，窗边月，岸边愁。　　斜阳醉晚，古调沙洲。云天远、壮志难酬。泠泠只影，白发难收。愿开心过，宽心睡，匠心丢。


# 行香子·老树横空

　　老树横空，势若飞龙。萧疏处、曲断苍穹。枝枝末末，不减衰容。任鸟归来，黄昏后，数青峰。　　诗心可表，诗意难工。乾坤梦、上下西东。蓦然回首，山雨蒙蒙。道春无愁，秋无恨，水无踪。

## 行香子·四季杜鹃

开在山间，开在梨园。似云白、又似枫丹。诗花佐酒，不畏霜寒。笑红梅傲，黄蜂懒，紫苏残。　　风流误我，空举经幡。路难行、骨瘦眉弯。人生豪迈，到底无缘。算来时月，去时雨，梦时天。

## 行香子·天宫院

阆苑天宫，调寄飞龙。水云间、难辨西东。谁来此地，暮鼓晨钟。念袁天纲、杜工部、李淳风。　　青山有雨，明月无踪。野花美、仙鹤从容。听君一曲，是吉非凶。任草生春，春生色，色生空。

## 行香子·青蛙写意

拂晓晨钟，敲醒青峰。腾来一片海天红。清圆如梦，滴碎晴空。问莲之路，云之事，花之容。　　黄昏暮鼓，无意称雄。但凭一息入苍穹。寒潭明月，只影无踪。悟人生短，水生色，夜生风。

# 行香子·荷塘

不为风藏，不叹时光。浮萍梦、任雨痴狂。
不争日月，不破阴阳。看春之色，夏之变，
秋之凉。　　春秋一度，影过回廊。蛙鸣处、
莲动荷香。残屏听韵，静谱华章。悟天之阔，
地之厚，夜之光。

# 采桑子·偶感

云烟淘净终南色，不问英雄。白练横空，
但得清凉一笑中。　　无须山水知君梦，大
道从容。人事匆匆，天地孤心万物同。

# 采桑子·读经

乾坤一把无形锁，好事多磨。山水蹉跎，
近在身边远在阿。　　修行何必寻踪迹，笑
看星河。佛也披蓑，且引飘蓬去放歌。

## 采桑子·冬日水杉林

无须帘卷西风冷，更着寒衣。不用愁迷，好借深冬省是非。　　春秋何故人前醉？几度贪杯。几度相催，难耐孤身雪上堆。

## 采桑子·蜀葵

前身本是风中客，不恋浮云。抖擞黄昏，只怕归期遇故人。　　相思写作无情泪，瘦影缤纷。自诩天真，落地斜阳骨肉亲。

## 采桑子·蓖麻

蓖麻本性玲珑巧，自在风流。光影悠悠，只识轻轻翠绿收。　　腹中剧毒难开口，小小闲愁。天地同游，拼得真心几度秋。

## 采桑子·偶得

初心拾得风三两，一赠清泉，一赠孤弦，一赠樵夫曼听蝉。　　星河煮酒谁家月？一味悲欢，一味无言，一味相思别远山。

## 采桑子·从《石子羹》感意

溪流清处取小石子，或带藓者一二十枚，汲泉煮之，味甘于螺，隐然有泉石之气。此法得之吴季高，且曰："固非通宵煮食之石，然其意则甚清矣。"——《山家清供·石子羹》

一

清泉煮石清泉色，一慰风尘，一慰黄昏，一慰浮萍也有根。　　太虚化作时光轴，日月星辰，各保天真，善恶归来皆是春。

二

清泉煮石全凭意，天地沧桑，山水阳光，无喜无悲无尽藏。　　风前岁月何曾去？一半洪荒，一半华章，一半烟霞冷若霜。

## 采桑子·空山

　　浮云老树空山雨，石上青苔。对景初开，落落幽光玉露裁。　　风轻不怕斜阳老，过得悬崖，进得书斋，左右逢源皆好牌。

## 感恩多·秋声

　　对痴人说梦，无是非汹涌。白云诗意浓，碎成风。　　半是天心明月，半孤峰。半孤峰，拂晓听蝉，有秋声数重。

## 鹧鸪天·自嘲

　　生在青山绿水中，天天逐蝶醉花丛。启蒙一画乾坤大，更有诗书气韵同。　　从此后，问东风，几时带我闯苍穹。煮茶落墨闲云外，又待春来陌上红。

## 鹧鸪天·雨打芭蕉

雨打芭蕉，风横长笛乐悠悠。飞花欲道斜阳晚，流水堪惊明月楼。　　听拂晓，系扁舟。半闲春色半闲秋。门前却有诗书客，描得残荷雪未休。

## 鹧鸪天·残荷

叶舞沧桑意气收，天心朗朗入云头。飞花不辨天涯路，细雨安知彼岸秋？　　凭傲骨，话清流。西风几阵扫闲愁。残阳剪影思乡客，自在空明月半钩。

## 鹧鸪天·《隐入尘烟》观感

苦似黄连何处埋，一瘸一拐被安排。太阳总是东方客，明月依稀拂晓牌。　　风在手，雨将来，山花到底为谁开。一沙一土连筋骨，隐入尘烟任抒怀。

## 鹧鸪天·朋友雅聚

正是秋风写意时，何须明月寄相思。三分秋雨三分骨，一半浮云一半诗。　　兴天地，废愚痴，樵夫脚下有清溪。山花不止容颜好，擅断江湖是与非。

## 鹧鸪天 · 重阳

莫问茱萸何所来，西风一串胜瑶钗。霜迎松柏凌空舞，菊染云烟向晚开。　　扶竹杖，踏清阶，相思岂肯尽成材。斜阳不照凄凉月，落寞三分似小孩。

## 鹧鸪天·《红高粱》观感

一段斜阳在远山，高粱熟了有谁怜。真情何必风声醉，明月从来梦里圆。　　生活苦，白云闲，孤身敢走鬼门关。山花识得英雄色，一碗伤心可祭天。

## 鹧鸪天 · 《菊豆》观感

一缕阳光过染坊，一丝星火过千江。天青天白三分冷，风浅风深几度凉。　缸太大，雨还狂，如兄如父又何妨。轮回路上你和我，相守相依比啥强。

## 鹧鸪天 · 《大红灯笼高高挂》观感

为富为贫为哪般，花开一瞬似红莲。池中有水鱼儿笑，雪里无梅明月寒。　窗木讷，瓦疯癫，石头冷冷影蹒跚。人生横竖一来去，何若真心话涅槃。

## 鹧鸪天 · 刺梨

我赐秋风一道梁，秋风赐我味悠长。枝头有梦天机浅，雨夜无人酒兴狂。　山为骨，水为肠，不醒不醉不思量。魂归一亩三分地，何怕他乡是故乡。

## 鹧鸪天 · 读张泽贵诗词集《疏影霞笺》

　　雨雪风霜日又斜，清清浅浅一枝花。时将残梦书云锦，更把流年纺碧纱。　　星酿酒，月分茶，疏篱对菊话桑麻。羞于俗世藏孤影，自向诗中叠晚霞。


## 临江仙·写荷

　　叶是菩提花是佛，清凉不落风尘。篱前对月写天真。朝披烟雨色，暮着一溪云。　　只道沧桑挥旧梦，淤泥难舍黄昏。原来意相最贪嗔。修行何必远，复命即归根。


## 临江仙·贺四川省散曲学会成立

### 一

　　三月东风枝上立，九州才俊联欢。歌诗同步话新篇。锦江春色早，不独水云间。　　南北双双花共舞，文明之路登攀。春秋执笔写开元。醒时灯下客，醉后曲中仙。

## 二

万古沧桑何问月，且行且止流泉。生生不已照云天。诗书风雅颂，剑寄酒茶间。　傲骨挑灯知礼义，阴阳自在回旋。笛声更把鼓声喧。空花知落寞，君子本良贤。

## 临江仙·野菊花

本是霜中之傲骨，深秋始见容颜。惊风欲卷两重天。枝头花色葬，不费土中看。　若有来生明月夜，相逢默默无言。定知君意已成全。竹林鸣笛起，落落更扬鞭。

## 临江仙·荷风

无欲无求开且落，清新一举荷风。流光最喜女儿红。悠然扬意趣，叠韵渡苍穹。　不以高低催旧梦，星河更见从容。天生气势贯凌空。云烟听半醉，放马过江东。

# 临江仙·乡居

庭院深深深几许？落花飞乱清风。绿苔欲锁石门空。水敲山不应，翠色有无中。　　鸟自归林霞照晚，炊烟落寞苍穹。徘徊不定是秋桐。山前山后路，碎影不由衷。

# 临江仙·瓦屋山遇雨

点点相思生玉骨，缥缥缈缈云端。何人泼墨不留言？寻声听梦呓，任尔杖藜观。　　绝壁飞流风自舞，猴儿最喜桌山①。杜鹃有节②待明年。明年春色早，聚散不由天。

①桌山，是指瓦屋山拥有特殊的桌山地质结构，是亚洲最大的桌山。
②杜鹃有节，这里指每年在这里举办的杜鹃花节。因瓦屋山有高山杜鹃60多万亩，享有"世界杜鹃花王国"等称谓。

## 临江仙·雪中凤凰岛

白练凤凰幽锁，一湖碧玉婆娑。扁舟一叶更高歌。霏霏枝上舞，落落梦何多。　　翠竹青松频顾，听箫三弄梅坡。黄昏醉酒不蹉跎。飞花寒入骨，道是故人裳。

## 临江仙·梅园

石凳幽幽幽古意，红黄落落分明。长枝一任向天倾。谁谙箫笛韵，瘦影梦中听。　　茶客诗书闲有寄，人间苦乐飘零。斜阳醉晚道无情。梅园香似海，风雨问三更。

# 临江仙·文友雅集有记

夜色苍茫明月老，半城烟火逍遥。以茶代酒论英豪。多情风一缕，更把古弦调。　　始信斜阳春已去，冷看花落溪桥。且行且止慢推敲。三分天下事，写意过眉梢。[1]

[1]壬寅年四月十二日晚上，范德奎老师返蓉之际，有文友罗杉、向维智、张泽贵、李正元、舒华明、刘铭、蒲刚、范德奎、马诚伟、李琼等一行十一人在南城古街"御香园"酒店和"伴山别院"茶空间雅聚。其间，天南地北，谈古论今，陈年旧事，诗词江湖，烟火人生，皆畅意抒怀而不忍离去。

# 临江仙·入伏第一天写荷

一盏青灯长照月，花中君子无疑。闲来剪影赋新诗。开帘风雨后，话别梦醒时。　　不舍莲心云水白，霓裳落寞何辞？根深莫把笛横吹。空山空有色，道在道同归。

## 虞美人·雪未来

　　红炉燃尽纷飞雪，一树风高洁。横吹明月乱浮云，恍若听琴、古调不堪闻。　　梅花才做青葱梦，咫尺难相送。骨酥肤软血脂浓，不瘦三分、何以与君同。

## 虞美人

　　深深浅浅翻新绿，山水颜如玉。扁舟漫系柳梢头，月影重重、何事不堪留？　　开帘又见云烟醉，草长莺歌美。疏篱定定问从前，一架荼蘼、相对两无言。

## 虞美人·徒步南部三桥

　　斜阳一道迎风展，山水都经典。云烟识得几回真，肯使轻舟一意过黄昏？　　钢筋铸就康庄路，索性来徒步。看翩翩白鹭归巢，一岸芦花月下把灯摇。

## 长相思·赏荷

绿叶闲，红花闲。蜂蝶悠悠把梦圆，凌波话大千。　　山影前，水影前，山水空蒙倩影边，归来续短篇。

## 长相思·冬漫长

冬漫长，雪漫长。湖水幽幽心已扬，梅花点点黄。　　风一窗，雨一窗。半是空明半是霜，残荷淡月光。

## 长相思·定水老桥即景

一扇窗，两扇窗。水绕青山过故乡，花狂蝶也狂。　　说沧桑，画沧桑。诗意人生无短长，君狂我也狂。

## 长相思·秋花闭月时

情如诗，画如诗。诗到穷时山水痴，秋云开幕时。　　长相思，短相思。浅浅深深天地知，秋花闭月时。

## 长相思·远山一段长

醉夕阳，舞夕阳，照影江心把梦扬。远山一段长。　　风无伤，雨无伤，新月弯弯悠拂窗。星空半入江。

## 长相思·牵牛花

疏篱边，落窗前。明月清风影自闲，红尘聚散间。　　一藤牵，鹊桥连。梦里依稀锁玉栏，星河也问禅。

# 柳梢青·追忆

　　山揽斜阳，江风送爽，水自梳妆。一地红桃，池边翠竹，归鹊成双。　　依稀倩影彷徨，日落处、炊烟带凉。霓袖长长，歌声嘹亮，梦里痴狂。

# 柳梢青·老家即景

　　柳绝风尘，花开五色，雨洗乾坤。不拒疏篱，不描幻影，不饰天真。　　空山终弃黄昏，听静夜，如何转身。紫燕衔泥，鸡鸣犬吠，忘却斯文。

# 柳梢青·白荷

　　一朵白荷，一襄烟雨，素韵清歌。任处池塘，红尘梦断，坦荡凌波。　　污泥赐我娑婆，向明月、天心几何？本自空来，本无所染，一色繁多。

## 踏莎行·吟雪

瑟瑟芦花，皑皑白雪，霜风扑簸云天绝。青松翠竹不知年，婆娑醉影尤高洁。　　千古红尘，万年明月，从来不照离人别。黄昏独自弄疏狂，瑶台一梦轻浇灭。

## 踏莎行·南部中学

凤舞龙吟，山幽水聚，灵云一色天心许。半城丹桂半城香，半溪柳影风荷举。　　一米阳光，一园飞絮，青春听醉诗书语。人生梦想放歌时，一腔豪迈从头叙。

## 踏莎行·雪中听梅

雪似梨花，梅如寒蝶，梨花带雨霜飞洁。诗心把酒煮黄昏，空山独自潇湘绝。　　老树虬枝，千差万别，红尘冷暖频三叠。无非君子爱闲妆，云烟泼墨今时月。

# 水调歌头·红梅映雪

飞雪如花醉，梅独笑归春。归春不占春韵，抖擞雪精神。千古诗人竞赞，万里长空香损，妙笔破青云。零落东风意，梦里数黄昏。　　拂红袖，凌寒舞，啸乾坤。半窗明月移步，照影度君心。朵朵深眸睿智，片片冰清玉洁，绝处醒春魂。不念春华路，来去自无尘。

# 蝶恋花·深山日暮

蝶恋花深山日暮，流水飞珠，一线云天路。青石酣然横岭住，松风欲把秋诗赋。　　九寨惊雷音乱谱，错点群魔，错指轮回簿。蝶恋花深心一处，乾坤绝断同迷悟。

# 蝶恋花·枫叶

枫叶一枚秋一冢，长醉青峰，静待春之梦。梦里诗心诗意动，黄昏佐酒残阳送。　　漫漫人生谁借宠？排鹤晴空，依旧花前恐。长恨经年流影共，无情更把情深种。

## 蝶恋花·梨花

纵是三生三世后，明月青山，风雨还依旧。雾里看花花更瘦，飞天一梦红尘久。　　蝶恋深深何执手，相忘江湖，淡看烟波柳。放任相思归白昼，迷离莫锁胭脂扣。

## 蝶恋花·李花

最是春风颜色好，一径幽幽，彩蝶双双早。流水淙淙花渐老，青枝半纵云烟俏。　　千古红尘何处了，放眼乾坤，把酒听年少。明月空弦诗意捣，江湖难舍江湖貌。

## 蝶恋花·玉兰花

妙在天心云一朵，不醉虚无，不醉非非我。寂寞莲台浇欲火，涅槃之处春风过。　　往事如烟须识破，脚踏玄门，得见初生果。流水高山明月锁，眉间有语飞花卧。

## 蝶恋花·桃花

混沌之初谁是我？色染红尘，岁岁青云锁。半把时光枝上卧，春风总是开心果。　　蝶恋花开花欲火，淡问归根，势尽般般破。虚实阴阳无不可，嫣然一笑莲台坐。

## 蝶恋花·追忆似水年华

家有清风山有月，春有桃花，冬有梅飘雪。柚子黄时秋意决，红枫未醉斜阳蹑。　　割草捡柴偷空歇，三五成群，笑里翻花结。遍遍从头何不屑，输赢迷乱蜂飞蝶。

## 忆江南·雪中火棘

飞雪醉，还是火红天。老刺青枝疏瘦影，霜风寒鸟锁空弦。独步在春前。

## 忆江南·晨观绵阳三江

风过月，又见落花深。鸟戏清风云弄影，山含红日水流金。一路向幽寻。

## 江城子·夜话江湖

痴心把酒兑晴空。剑魂浓，夕阳红。幽幽一指，绝地化双龙。锁定云烟飞向晚，归路净，步从容。　　江湖自在月明中，半山风，任匆匆。桃源问道，聚散本无踪。惯看青灯挑夜色，尘梦断，入苍穹。

## 江城子·秋

是谁泼墨不嫌浓？瘦梧桐，老丹枫。白鹭翩翩，落日对孤蓬。一瞬黄昏归梦远，山有色，水无穷。　　芦花半醉入长空。意蒙蒙，不由衷。灯火阑珊，岁月太匆匆。两岸渔歌声渐落，诗兴起，把心缝。

# 江城子·落日听禅

枯枝一意向云天。气如兰，梦如丹。古道幽幽，落日正听禅。半把沧桑何进退？孤独处，更穷源。　　春秋几度醉难安？目无樊，语无边。落寞星河，冷月葬花前。且让痴心长做主，该谢幕，不和烟。

# 霜天晓角·题高架鸟巢图

云天高架。飞鸟悠悠下。风雨惊雷闪电，更烈日、浑不怕。　　潇洒？算了罢！四野山如画。拂晓林深水绿，自来去、无牵挂。

# 金缕曲 · 问来者

是个清凉夜。月初圆、空山落寞，卷帘何舍？弦外听声高低错，横笛难收四野？清溪畔，云烟一把。误入旧时春草绿，又徘徊不定梧桐下。只影碎，问来者。　　樵歌半道天心寡。忆往昔，花香鸟语，红墙绿瓦。谁在窗前频张望，却怨黄昏有诈。待风起，潇潇雨下。钟鼓倏然敲梦远，举伤心落泪无从话。意绪断，诗堪罢。

# 玉楼春 · 夜读"老皇皇"随感

今夜清风何处售？窗外依稀灯作秀。诗心诗意值三钱，但把歌喉全用够。　　流水落花蜂蝶叩，曲径幽幽云出岫。江南江北老皇皇，一色空空谁独奏？

# 眼儿媚·兰

寂寂<sup>①</sup>幽幽在空山，流水去无言。花开是梦，馨香是梦，梦里云烟。　　从来高洁何须论，仗剑向青天。天涯不远，莲台不远，最远人间。

①寂："寂"字出。

# 眼儿媚·巴茅

横笛萧萧为谁歌，白发满山坡。春花已谢，秋风已隐，你自婆娑。　　时光不醉天涯客，梦里饰星河。云间独舞，佛前许诺，月色清波。

# 眼儿媚·寻梅

寻遍山崖与清溪，你在雪中栖。无关爱恨，无关风月，梦起疏枝。　　沧桑拾得沧桑立，破处唱新诗。三分傲骨，三分天意，势为谁痴？

## 卜算子·元旦

死亦是修行，生又何须恨？踏雪寻梅不见梅，风远黄昏近。　　邀月共真诚，悲喜从心论。若把东君比作君，拂晓孤山隐。

## 卜算子·汤圆

滚滚肚儿圆，喜闹英雄席。宰相无非点子多，撑破孤舟立。　　放胆闯江湖，筋骨凌虚入。莫问平生何所来，去处云天碧。

## 卜算子·馄饨

混沌眼未开，何用争朝夕。味美汤鲜慢慢来，莫待严相逼。　　牵手话从前，貌似天涯及。欲破平生半醉时，与尔同呼吸。

## 卜算子·壬寅年寄自己

一树蜡梅开，一阕清平调。眼耳观心我是谁，只有风知道。　海阔水推沙，天地何曾老？喜把山花比作君，不与争年少。

## 卜算子·九九消寒图有寄

纸上点梅花，长做相思客。勘破孤山一缕魂，有舍才能得。　明月淡如风，不剪天涯色。片片馨香梦里来，草绿诗心白。

## 卜算子·鸡蛋

烟火煮春秋，谁比凤儿懂？一半唠叨一半爱，满满爹娘宠。　一辈子虽长，明月听花冢。但借方圆表寸心，且与红尘共。

## 卜算子·子鼠

混沌咬天开，子鼠通灵气。话说当年我是谁，九九阴阳贵。　　牛虎兔龙蛇，马瘦羊猴会。鸡犬归宁落寞猪，仍在贪吃睡！

## 卜算子·酉鸡

斗胆叫天开，万物倏然起。不是朝阳瑟瑟来，顾影堪怜己。　　前世凤凰身，今落桑麻市。月下将心笃定时，反以高腔耻。

## 卜算子·亥猪

日月静中眠，风雨声声醉。不料霜天煮酒时，前路无人会。　　放胆去西行，鬼怪妖魔起。大道深深见落花，清白何须对！

## 卜算子·莲藕

本自土中生，何向云天立？未见幽幽月影移，怎瘦相思意？　玉节出污泥，独把黄昏寄。待到残荷数雨声，醉别凌波起。

## 花非花·醒非醒

醒非醒，醉非醉。万古天，江湖泪。何来明月不知情，更纵扁舟君影碎。

## 忆秦娥·暮春空山即兴

落花在，山风欲把斜阳拐。斜阳拐，收入囊中，撒入沧海。　青春已逝豪情在，流光借用流光买。流光买，杜鹃开遍，有债还债。

## 忆秦娥·参观嫘祖故里

西陵氏[①]，有熊氏[②]具书中是。书中是，
同根同祖，丝路开启。　　而今处处桑麻地，
东风未醉斜阳醉。斜阳醉，有增无减，落红
飞翠。

①西陵氏：传说嫘祖为西陵氏之女。嫘祖为黄帝的元妃。
①有熊氏：古有熊国，黄帝之所都。

## 忆秦娥·凤凰岛即景

秋风俏，凤凰展翅斜阳照。斜阳照，天
心朗朗，翠开空貌。　　青山醉梦云深晓，
落花不语清歌妙。清歌妙，凌波问柳，月明
星皓。

## 忆秦娥·花非花

抖一抖，花如蝴蝶身偏瘦。身偏瘦，时
光佐酒，雨来风骤。　　长河一岸青青柳，
遥遥相约黄昏后。黄昏后，逆流而上，无中
生有。

## 忆秦娥·枇杷花

非春早，霜风凄冷孤而傲。孤而傲，琵琶十里，一弦尤俏。　　缘来飞雪还痴笑，自然率性何须巧。何须巧，花开花落，梦魂颠倒。

## 忆秦娥·白菊

秋风破，亡灵祭奠何须我？何须我，白衣湿处，幻而无果。　　天涯欲点星星火，乾坤仁义云天锁。云天锁，玄黄未解，弃之犹可？

## 青玉案·蚕豆夜语

不谈天地何其远，舍傲骨、炊烟伴。给点油盐蹭米饭。茴香下酒，斜阳又劝，一曲黄昏恋。　　东风万里星河唤，千古开篇梦魂断。底事由来凭杜撰。知君落泪，知君咸淡，何必花儿艳？

## 青玉案·庚子说事

纷飞白雪惊雷起，夜幕掩、忠魂泪。彼岸花开春已醉。何须生恨，何须惭愧，何必知年岁。　　从来庚子天人会，南北同舟也同袂。敢问黄昏今古事。可怜唐宋，可怜汉魏，只剩江山美。

## 青玉案·杏花归梦

东风曼舞云烟带，一片雨、红尘外。欲卷欲舒还自在。高枝听雪，低枝不怠，落落如天籁。　　但凭月色相淘汰，莫用纷繁演成败。梦落深山何贱卖？生津解毒，百川归海，药煮三千爱。

## 浣溪沙·元宵有寄

一碗汤圆一碗春，春风瘦处草精神。桃红柳绿叠烟云。　　云有归心花有梦，梦中细雨绝嚣尘。一茶一酒最销魂。

## 浣溪沙·江鸥

江水悠悠入远山，霜风阵阵对愁眠。芦花瑟瑟自消寒。　　一破晴空飞落户，啼来清脆漫无边。春花一梦到春前。

## 浣溪沙·喜迎春

翠竹婆娑水自平，扁舟一叶鸟飞惊。问郎何处起歌声。　　傲骨梅花香阵阵，青砖绿瓦笑盈盈。家家户户更张灯。

## 浣溪沙·早春

一半黄花一半云，柳芽初醒醉三分。东风无处不精神。　　山挺脊梁描画卷，水弹长调破迷津。翩飞紫燕早知春。

## 浣溪沙·芍药

取道空山莫念经，飞花带雨立婷婷。清风陌上任飘零。　　不与牡丹争第一，却和明月共长生。从来宰相淡输赢。

## 摊破浣溪沙·莲池雨后

风动清凉水动眉，白云舒展浣新衣。紫燕翩翩似无语，更低飞。　　翡翠圆圆惊玉宇，红霞朵朵破天机。何去何来缘注定，梦同归。

## 如梦令·桃花

本是春风有约，何况东君许诺。岁岁赐红颜，不让缤纷落寞。谁错？谁错？细雨无声如昨。

## 如梦令·装醉

不问老兄何意，自把相思独寄。酒酿好时光，梦醒山河落泪。装醉，装醉，谁解个中滋味？

## 如梦令·戏题刘铭老师爱说"先人板板"

头上星星眨眼，脚下春风问暖。两臂揽乾坤，岁月不长不短。经典，经典，改叫先人板板。

## 如梦令·游贡院有感

竟是无言以对，老树听风碎碎。一息定乾坤，多少英雄垂泪。憔悴，憔悴，夫子一朝富贵。

## 如梦令·豌豆花

料峭春寒不瘦，自是天宽地厚。花叶共婆娑，谁道难调众口？青豆，青豆，蝶影阑珊依旧。


## 如梦令·听雪

天地茫茫一片，谁似这般清浅？白色晕容颜，不傲不娇不淡。惊变，惊变，大道阴阳至简。


## 如梦令·闹元宵

饺子汤圆一碗，爆竹灯笼一串。墙外有红梅，冷冷风中观战。不算，不算，水未眠山未断。

## 如梦令·狗尾巴草

半是空山鸟语，半是清风几许。半是俏佳人，半是天心高举。逆旅，逆旅，彼岸无来无去。

## 如梦令·题刘铭老师照片

碧水云山一线，一叶临江醉晚。野径影孤单，过客匆匆又返。不辨，不辨，明月星河归岸。

## 如梦令·无非风雨

谁道无非风雨，见过花开几许？莲子对莲心，谁把光阴留住？不蠹，不蠹，一念空山净土。

## 点绛唇·咏桃花

问道初开，疏疏落落篱边影。一山一岭，听水知心性。　　不嫁东风，不认红尘命。黄昏醒，飞花得令，把果枝头横。

## 点绛唇·空山有雨

滴水成珠，空山有雨飞花重。云烟幽共，迷醉来时梦。　　枯树新芽，不识阴阳动。明月恐，风言风送，千古谁人懂？

## 点绛唇·斜阳

水钓斜阳，风轻处处凌波起。山横寂寂，何事云烟喜？　　舟自听心，不得浮萍意。花有蕊，春生桃李，别处谁凝睇？

# 鹊桥仙·月见草

林幽风静，默然无语，一任花开花落。溪流尽处是空山，月见草，真情相托。　何须提起，何须放下，撒手悬崖万壑。随缘聚散在随缘，定而慧，无从许诺。

# 点绛唇·空山

溪水山花，微风斜照云烟巧。枯枝当道，碧绿深深草。　寂寂流年，谁把尘埃扫。青苔小，乾坤皆妙，快乐松间鸟。

# 点绛唇·空山行

风卷云烟，生生灭灭时光老。落花含笑，半世穷其妙。　水转斜阳，疏影频频照。松有道，一方安好，何用阴晴表？

## 鹊桥仙·黄桷兰

容颜清瘦，馨香破晓，遗落红尘不怠。风凭往事断珠玑，雨巷里，声声叫卖。　　三毛一朵，三元一串，串串惹人怜爱。龙钟一把泪婆娑，缘相惜，昭君出塞。

## 生查子·露珠

风雨到黄昏，处处琉璃洒。荷塘翡翠多，寂寂腮边挂。　　何以论是非，老树云烟下。一曲卷珠帘，从来美如画。

## 生查子·菊花

不用试金黄，但把秋风畅。云烟寂寂行，远远还思量。　　生向太阳生，死又何须葬。抱得月归来，曲曲清波上。

## 夜游宫·芙蓉

肠断何须醉酒。贵妃貌、是红非瘦。不与江山论美丑。昂然间，月羞花，云出岫。　　拂晓谁牵手？冷风中、相思依旧。料得年年黄昏后。懒梳妆，懒煮茶，懒张口。

## 夜游宫·朱槿花

卷合清凉任处。斜阳外、新愁几许？不教浮云漫天举。妆淡抹，色更红，芳心吐。　　尘世何其苦？水墨浓、秋声秋赋。笔底烟花无计住。一滴泪，一滴血，谁人渡？

## 定风波·归去

归去黄昏细雨稠，篱前叶落梦魂休。老瓦听风云雾起，可喜，双亲笑意眼中流。　　味在舌尖贪且乐，久酌，花猫黄犬吠深秋。墙角青苔蛛网结，辽阔，一方天地复何求？

## 江南春·残照

残照里，水云天。沙鸥听暮鼓，杨柳冷
和烟。丝丝秋意层层叠，衰草芦花新月看。

## 江南春·竹

风独舞，影清凉。心如天地阔，高节破
残阳。蓬莱深处飘零客，偏问诗书谁更狂？

## 钗头凤·芭蕉

铮铮骨，宽宽叶，抚琴长啸青云裂。天
心白，秋心碧，半醉斜阳，半寻踪迹。　　疏
林阔，闲愁绝，落花不语诗书叠。风何急？
水何急？风雨同舟，向来无敌。

## 钗头凤·芦花

身依旧，心依旧，浅吟低唱黄昏后。红尘绝，相思咽，但得归来，落霞飞雪。　　三杯酒，谁牵手？风中一岸枯荷柳。如明月，本高洁，志在天涯，不谈生灭。


## 钗头凤·坟前野菊花

今生梦，来生梦，借君开卷《钗头凤》。悬崖立，秋风急，叶瘦花肥，故人谁惜？　　云心动，天心动，青山兀自樵夫弄。阴阳隔，听松柏，闲言碎语，鸟声先得。


## 武陵春·雪

不忍梨花明月下，冷冷照天真。且让霜风漫拂云，摇梦过黄昏。　　枫叶飘零何脉脉，老树有余温。莫叹江湖几度身，一念又三春。

## 武陵春·雪遇枯枝

　　生命无非筋骨老，绝处见疏狂。不舍春秋影子长，怎得落梅香？　　冷月千般听皓首，耿耿两茫茫。若道乾坤已断肠，何用问玄黄？

## 武陵春·雪与菊

西—江—月

　　未语霜风花影瘦，已绝万般愁。片片飞来片片留，执意冷中求。　　莫问红颜谁最晓，白璧不言秋。既是时光锁上游，何羡月如钩？

## 武陵春·黄昏

　　几许秋风零落地，独独有佳人。半醉空山半问君，何处一方春？　　自在东风听彼岸，花落泪纷纷。待得低头把酒温，原是又黄昏。

## 武陵春·听雪

　　岁月匆匆抛画笔，静静悟天心。原本轮回一纸深，破晓独登临。　　谁道此生长落寞，放眼看疏林。且向霜风把酒斟，梦里慢浮沉。

## 更漏子·过年

　　剪窗花，贴对子，福到家家欢喜。也拜寿，不敲门，隔屏满面春。　　朋友直，父母吉，爱在一朝一夕。捧日出，煮斜阳，瓢盆锅碗旁。

## 南乡子·豌豆正开花

　　豌豆正开花，半举东风半举槎。谁道篱边多寂寞，天涯，隐隐黄昏隔绿纱。　　细雨识烟霞，点点凌虚不自夸。犬吠声中归紫燕，桑麻，一曲长歌水月佳。

# 南乡子·寄怀

　　玉骨写三分，势比天心不住尘。但得东风诗句老，无人，了却斜阳本意真。　　梦里话乾坤，月有空山水有根。此处非关花自落，初春，一半芳香碾作云。

# 兰陵王·乡思梦

　　乡思梦，竹影婆娑月动。房檐上，归燕呢喃，是把乡音与谁共？清风点点弄，稍纵，尘烟玉炯。泥泞路，花谢蝶飞，细雨清歌道珍重。　　云山正高耸。落日褪残红，天际驰骋。晚风阵阵过田垄。池塘白露净，银光照水，炊烟香袅惹迷众。断肠诉荒冢。　　酒醒，雾倥偬。一曲满江红，朝阳深诵。金黄一片秋邀宠。五谷菊牵手，美惊田埂。秋荷微醉，面草垛，舞乡梦。

# 桃源忆故人·寄怀

无端一阵清明雨，恸哭声中几许？定是东风有误，岁岁相思苦。　　飞花枉自人前舞，梦里光阴偷渡。何若敲钟问路，只把天心护。

# 桃源忆故人·油桐花

纷纷花落惊春梦，为爱舍身荒冢。自古英雄堪颂，无用方为用。　　依稀听得云高筝，冷冷青灯谁懂？明月幽幽出众，错把相思弄。

# 桃源忆故人·问槐花

行来几许风流泪，不醒何须又醉？看尽红黄绿翠，到底谁为美？　　真真切切溪中水，浅浅深深如洗。但借沧桑写意，绝处听经纬。

## 忆王孙·酒话

浮生有梦水中煎，化蝶何须一万年。不醉春风醉太玄。月儿圆，道是伤心在眼前。

## 忆王孙·棋话

胜天半子落何方？流水清风一岸伤。花似归程月似霜。泪茫茫，莫对阴阳论短长。

西
—
江
—
月

## 忆王孙·茶话

一芽一叶具峰巅，本色清心非等闲。太息声中水月寒。似无言，寄语孤僧莫问蝉。

## 风光好·品流年

品流年，报平安。世事沧桑醉醒间，梦难全。　　秋风拾得东篱菊，伤心曲。月下横吹不忍看，度空山。

## 惜分飞·再遇凌霄花

如梦初醒墙外挂，不意堪堪入画。到底情无价，有来有去松风下。　　敢问凌霄真与假，答案莫名惊诧。瘦骨天生寡，水云为血空为马。

## 浪淘沙·滕王阁

天纵古陵江，浩浩汤汤。千年一梦帝王乡。谁与清风听往事，只剩斜阳。　　山脉也彷徨，石上寒霜。房檐翘角话沧桑。胜景在前花在岸，来去何妨。

## 浪淘沙·升钟湖即景

　　秋水荡长空，何事匆匆？青山默默梦从容。花谢花开花自在，谁叹残红？　　柳影破尘封，律动苍穹。临风把酒问鸿蒙。一叶扁舟闲过往，落日无踪。


## 浪淘沙·空山听露

　　遗梦在山河，感慨良多。寒蝉不唱旧时歌。只道风花皆壮丽，两两相磨。　　日月任蹉跎，瘦影凌波，云烟倚杖问弥陀。翡翠流光听大梦，谁在鸣锣？


## 浪淘沙·观《三十而已》感顾佳

　　梦里写青山，方寸之间。为谁落泪为谁圆？有道何须还问道，寂寞听蝉。　　我命不由天，性自孤单。无悲无喜更无援。月黑风高持一剑，过眼云烟。

# 浪淘沙·《三十而已》观感

## 一

有雨肯相参，风卷珠帘。此生不要太平凡。三十如花能入梦，梦里十①三。　　挥手更扬帆，为你何贪？从来不老是青衫。明月星星皆落寞，海比天蓝。

①十："十"字出。

## 二

一瞬一千年，一瞬阑珊。人生一瞬两难全。醉后听风皆落寞，不辨坤乾。　　醒后意绵绵，沧海桑田。何须杯酒对愁眠。明月窗前依旧是，溪水潺潺。

# 天净沙·秋

西风独上高楼，水如烟月如钩。不被时光左右。闲云依旧，色泠泠曲悠悠。

## 天净沙·秋云

随心所欲图腾，鼓秋风现原形。瘦到天涯不肯。芦花初定，梦深深水灵灵。

## 天净沙·教师节

花儿问道阳光，水田全靠栽秧。执教何须丈量。群山叠嶂，月儿明李花香。

## 天净沙·西河即景

风摇柳影临江，芦花照水徜徉，放眼云烟过往。青峰独上，许天心破恒常。

## 酒泉子·写在中元节

一纸相思，化作清风明月。有谁知，天欲绝，梦难期。　孤魂最怕箫声起，柴门听犬吠。花看花，水观水，案齐眉。

## 醉花间 · 咏柳

风无色，雨无色。风雨同舟客。如是梦中人，何惧听萧瑟？　　昨夜雨疏花，今朝飞絮迫。春去又春来，一剪红尘册。

## 一剪梅 · 雪里幽幽淡淡香

雪里幽幽淡淡香，不断柔肠，自断柔肠。疏枝落落揽沧桑，心似阳光，影似阳光。　　傲骨依风走四方，路在他乡，梦在他乡。诗心明月自徜徉，夜莫彷徨，君莫彷徨。

## 一剪梅 · 医院建院八周年记

风雨无声已八年，家国平安，儿女平安。精诚树下业精专，日月长弹，再著新篇。　　医者仁心凤涅槃，门诊千端，住院千端。春来春去自扬鞭，你有愁烦，我有双肩。

# 一剪梅·年味

一串灯笼一串风。酒醉高粱，月锁梅红。星辉片片出苍穹，福寿摇春，吉庆兴隆。　　南北分明年味同。饺子汤圆，大蒜香葱。觥筹交错走西东，烟火情浓，慢煮长空。

# 菩萨蛮·老家紫玉兰

紫云一把归来剪，青春聊作相思岸。不老是风光，徐徐问夕阳。　　堂前听犬吠，紫燕成双对。冷骨醉花阴，无非故土心。

# 菩萨蛮·菊花

霜风未老君先瘦，相逢只为秋依旧。月在水中天，孤飞一缕烟。　　不知春有色，暂借东篱墨。点染半溪云，来同落日曛。

## 菩萨蛮·紫蝶

无名无姓生双翼，山间得道山间息。紫蝶冷风中，儿时便不同。　　溪边听晓月，湿处何高洁。断是味悠长，猪凭瘦肉香。

## 菩萨蛮·山溪

源头不见天河送，清清浅浅泥沙梦。一路放声歌，山风素韵和。　　千山松不老，向善明明道。万古一心弦，色空皆是缘。

## 菩萨蛮·蓼花

一怀清绝秋风紧，红妆不怕云烟损。兀立草丛中，听空不摄空。　　行行山外客，几度持长策？寂寂月生香，同熬陌上霜。

## 菩萨蛮·老家银杏叶有记

　　古风安得春风唤，青青翠翠来相见。雨后吐阳光，琴弦各自张。　　空山常落寞，何患时人学。不倦是红尘，无邪也较真。

## 诉衷情·白鹳

西—江—月

　　从来患难见真情，夜夜有君卿。山高路远心近，月黑唤声声。　　愁绪断，守孤城，叶飞惊。春风思量，一影蹒跚，又见黎明。①

①含着泪读完了一只受伤的白鹳玛琳娜和一个叫斯捷潘维克奇的老人以及另一只白鹳阿克的故事，实在太感动了。世界和平，道法自然，向善而行，保护地球才能保护我们人类自己！这早已是不争的事实！白鹳是德国的国鸟，有"送子鸟""吉祥鸟"之称。

# 苏幕遮·梨花

释然间，幽怨起。一地残花，貌似风中你。古曲泠泠怀绝美。款款深情，有别桃和李。　韵天成，明月醉。寂寂归来，半掩腮边泪。点点星光听犬吠。苦恋山河，不以红尘对。

# 苏幕遮·水无形

水无形，山有色。两两相煎，画意何从得？水上琴弦山泼墨。一半云烟，一半逍遥客。　影长长，风习习。月钓霓虹，谁见孤蓑笠？不辨星河来寂寂。柳送飞花，一半天涯觅。

## 苏幕遮·红枫醉酒

剪霜风，添傲骨。欲渡寒烟，欲揽空明月。月在枝头圆又缺。总照初心，总照离人别。　　把黄昏，抛恋蝶。一袖霓裳，一首朝天阙。泪洗乾坤君不屑。千古英魂，何顾飞身灭？

## 相见欢·风前花絮

风前花絮如云，醉醺醺。日暮千山万水，不相闻。　　凭幻影，更驰骋，舞殷殷。月仗雄鸡报晓，过昆仑。

## 相见欢·善护念

寻寻三日逢春，物华新。道在灵山当下、莫贪嗔。　　金刚眼，善护念，守天真。不住明心见性，本无尘。

## 相见欢·残荷

前尘往事如烟，梦阑珊。宁把霜风揉碎、枕空弦。　　莲台净，对梅岭，数方圆。又断轮回内外、岸无边。

## 相见欢·苍鹭

生平不恋高山，水云间。孤独江湖过客，自悠闲。　　南北事，若无寄，怎投缘？淡看红尘掠影、又开端！

## 醉太平·残荷

无非六根，无非六尘。何来一地贪嗔，借残荷问津。　　枯枝更真，枯枝更纯。枯枝泼墨常春，醉今人古人。

## 清平乐·瀑布

天河一道，翡翠珍珠扫。抖擞千般还呼啸，落魄回头刚好。　　初心比对朝阳，东西唤醒沧桑。执笔无从考证，绝尘飘逸何方？

## 清平乐·小小浪花

痴心几许，硬把花期误。打乱三生同调步，惊起海鸥白鹭。　　高歌一曲回旋，何须再问苍天。纵使江湖飞雪，与君醉别无关。

## 清平乐·《背叛》观感

秋风依旧，叶落黄昏后。只道花开无美丑，归宿被谁左右？　　遥遥一岸钟声，梧桐倾国倾城。我用诗歌祭奠，溪前山寺孤僧。

## 清平乐·《画魂》观感

画魂何在？一把辛酸菜。不等春风来买卖，横断一腔豪迈。　　海天一色孤舟，时光盖过闲愁。我执一张白纸，待君立定潮头。


## 清平乐·忘忧草

生来燕瘦，自把空山绣。云淡天高听豆蔻，岁岁年年依旧。　　一朝风雨黄昏，迷离误入红尘。善恶由来无别，谁凭阡陌抽身。

## 清平乐·秋雨

风风雨雨，本是秋之序。落寞飞花听白鹭，谁在豪言壮语？　　凤凰今夜梧桐，寒蝉别过红枫。丹桂飘香月下，青蛙冷对莲蓬。

## 清平乐·观《背叛》感方子云

风中幸福，何必谈归宿。去去来来皆是梦，让我放声大哭。　　无言以对沧桑，星星不懂阳光。照遍山河锦绣，灵魂摆渡天堂。

## 清平乐·痴狂老去

痴狂老去，静静三更雨。入定孤僧何事举？只有佛前一句。　　拈花一笑菩提，空中见色疏离。但借一生一世，围炉煮雪释疑。

## 清平乐·七夕遐想

银河垄断，今古尘封案。喜鹊桥头桥尾蹿，织女牛郎搭讪。　　三分瘦骨如前，三分姿色听蝉。半是春花秋月，归来只合无言。

## 清平乐·中元节寄语

　　秋风送别，寄语中元节。不用悲歌兮一阕，只要愁消两靥。　　人生本是无常，哪堪地老天荒。梦里真心几许，菩提抖擞时光。

## 清平乐·祭奠二月

　　东风已醒，何惧红尘冷？一片孤寒空照影，不似山花淡定。　　知根知底家园，是非不锁愁烦。纵有千千万万，星河明月依然。

## 凤凰台上忆吹箫·竹林深处

　　凤影飘花，笋尖而立，色空豪迈归程。鸟语蝉鸣罢，落寞相倾。天道从来有道，修得此、一派升腾。婆娑处，云烟更起，上下纵横。　　盈盈，不骄不傲，青翠抚瑶琴，节节坚贞。土是黄泥土，何辨阴晴？身是菩提明月，知进退、根举无形。无形也，山高水长，日日峥嵘。

## 凤凰台上忆吹箫·芦苇有节

滩浅风平，对斜阳晚，笛音稀落沉舟。胆系乾坤梦，独步高楼。重影何堪醉酒，听古调、放浪离愁。邀明月，敲松问竹，九曲回流。　　悠悠，拂凉拔翠，长袖枕星空，忘却缘由。电闪雷鸣处，群雁悲秋。钟鼓声声翻卷，南北际、山水同修。红尘外，飞花一念，大意荆州。

## 天仙子·芍药

妙在春归花弄影，绰约摇风寻究竟。从来富贵不由人，三分命，七分性，莫道白云深处冷。　　断灭何须空做证，明月幽窗诗起兴。笔中若有大乾坤，黄昏赠，晨曦醒，江上扁舟闲煮茗。

## 人月圆·陵江石

千奇百怪春秋色，冷冷步陵江。无须赞美，无须比对，梦与天长。　拈花一笑，时光壮胆，自信何妨？云门不弃，松风明月，水样文章。

## 阮郎归·医师节

一肩明月与清风，是灯更是松。不谈天地有西东，一身白霓虹。　庄周梦，蝶匆匆，奈何桥上空。醒来一道雨蒙蒙，幽幽具象同。

## 阮郎归·雨中叠石花谷

花中有石石生花，沧桑也发芽。层层叠叠裹烟霞，风霜剑酒茶。　巫山雨，一些些，羞于用伞遮。林林总总具无邪，春秋不用赊。

## 阮郎归·游桃花源

桃花酿酒醉于斯，光阴把梦炊。武陵人去草萋萋，鹧鸪莫乱啼。　　若守信，不言归，凌虚各自飞。星河本是一盘棋，有东就有西。

## 阮郎归·雨中神龟峡

裁云泼墨写空灵，烟波水上横。一弯一景慢叮咛，幽幽出画屏。　　风长在，雨飘零，黄昏宜独行。何须持戒问孤僧，悬崖峭壁听。

## 阮郎归·雨中识薄叶羊蹄甲

清清白白出深山，分明在雨天。风花一地醉无眠，流光弄管弦。　　性本淡，影悠闲，何来几道弯？相思只付水云间，淋淋欲语禅。

# 十六字令·秋

秋。玉露来时暑热休。芦花白，大雁去悠悠。　　秋。荷盖低吟不载愁。霓裳破，新月挂枝头。　　秋。为舞霜风把梦留。题诗处，一叶韵长流。

# 捣练子·白露有寄

收五谷，酿三江，明月先期归故乡。不见来时花影瘦，唯闻落叶扫西窗。

# 桂殿秋·念桂花

花似粟，影如霜。星星点点梦还乡。西风倦眼秋应醉，明月清晖色更香。

# 清商怨 · 小雪感何希凡诗句
## "纵有高歌也自夸"

　　相思今夜不用锁，许开花结果。酒已微醺，腾腾炉中火。　　须知白云一朵，写不尽、福禄灾祸。纵有高歌，昏昏残梦破。

散曲

## 【双调·沉醉东风】绵阳西山扬雄① 读书台感怀

读经史、清风自来，论玄黄、素月初开。　辞赋休，豪情在，鸟啾啾、竹影楼台。笔下飞花不用买，酒醒处、春深似海。

①扬雄（前53年—18年），又作杨雄，字子云，中国西汉末年哲学家、文学家、辞赋家、思想家。早年好诗赋，曾仿司马相如赋体作《甘泉赋》《河东赋》《校猎赋》《长杨赋》等，以讽劝汉帝。中年以后，以辞赋为雕虫小技，无益于讽谏，转而研究儒学。

## 【双调·沉醉东风】绵州碑林感怀

风云起、诗书并举，山水间、日月齐驱。　道圣贤，知今古，龙蛇竞、唐宋何孤？寂寞春秋寂寞雨，花飞乱、谁听鹧鸪？

## 【双调·沉醉东风】黄菊惊秋

莫不信、浮云醉酒，别当真、黄菊惊秋。　霜共听，风相守，夜漫漫、又冷飕飕。纸上呼来一叶舟，却骗我、天涯尽收。

## 【双调·沉醉东风】霜降日感怀

浩然气、红枫醉舞，磊落诗、秋水幽居。　　远黛收，清凉许，流光转、有梦来呼。瘦影三分入画图，黄昏后、灯挑万古。

## 【双调·沉醉东风】西安钟鼓楼感怀

晨钟响、敲斜汉瓦，暮鼓鸣、扶稳丹砂。　　铜漏暗长，包浆未哑，这光阴、官秤难查。量罢兴衰量岁华，雁字儿驮着斜阳过塔。

## 【中吕·醉高歌带喜春来】华山掠影

石弹古调沧桑，泉落秋声飒爽。钟敲古寺扶云上，天作舟风作桨。

（过）青松揽辔涛涛响，弄玉吹笙日日长，悬崖白鹤凤呈祥。诗意扬，句句挂霓裳。

## 【中吕·醉高歌带喜春来】赞全红婵

飞身一跃高台，入水犹如燕摆。无痕绝技惊三界，气壮高山大海。

（带）九天皓月磨成黛，万里晴虹炼作白，旌旗猎猎喜春来。真个帅①，每每举金牌。

①帅："帅"字出。

## 【中吕·醉高歌带摊破喜春来】国庆出游

云闲可对山高，叶落时来树老。流光特许秋先到，拾得金风半勺。

（带）桂花酿酒山花笑，白露沾衣寒露摇。有人巷里烹茶，有人街边卖饼，有人夜半吹箫。菊分明，兰寂寞，幽客远尘嚣。

## 【双调·驻马听】立冬凑句

岁月清孤，且把秋霜击暮鼓；斜阳老去，算来北海尽珍珠。溪山梦里锁茅庐，春风纸上裁佳句。　藜杖扶，旧诗翻作新诗录。

189

## 【双调·驻马听】山野秋居

山有芦花，一岭清风羞答答；霜如白发，
篱前黄菊顶呱呱。闲云一朵自涂鸦，老夫一
世何潇洒。　　秋一扎，流光独坐夕阳下。


## 【双调·驻马听】黄山松写意

绝地重生，不与春秋论是非；横天一梦，
何来日月话盈亏？悬崖峭壁作阶梯，霜林幽
壑通经纬。　　奇不奇，卧龙探海峰峰立？


## 【双调·驻马听】一叶轻舟开画卷

山水之间，一叶轻舟开画卷；风云之际，
何人万里动诗篇。东坡提笔海归川，东篱举
酒花飞燕。　　问婵娟，孰唐孰宋谁能辨？

## 【中吕·山坡羊】小雪嘉陵江夜钓

芦花一半，霓虹一半，幽幽一钓何曾叹。月无言，水无言，霜风欲止星河乱，怕是鱼儿轻放眼。冲，梦太玄；溜，心不甘。


## 【中吕·山坡羊】寒露

深秋独坐，黄昏勘破，苍烟无语扁舟过。碎星河，问阿哥，眼前此景谁能诺？道在天真不①在多。风，莫笑我；云，且放歌。

①不："不"字出。


## 【中吕·山坡羊】白荷

无须有恨，无须相认，无须心底谱秋韵。色常新，色常真，蝉鸣自在斜阳尽，道是尔来风过门。春，瘦一痕；云，瘦一痕。

## 【中吕·山坡羊】阆中滕王阁①感怀

玉台积翠，滕王没醉，风风雨雨何人会？月盈亏，梦依稀，山花不懂相思泪，半壁斜阳轻照水。痴，也是你；迷，也是你。

①滕王阁：地处玉台山，山顶有积翠亭，取自杜甫诗"中天积翠玉台遥"。

## 【中吕·山坡羊】立春

红梅有韵，东风休论，山中听雨常思忖。醉三分，醒三分，空亭老树渔樵遁，何若扁舟只①系春。云，不问贫；花，不问津。

①只："只"字出。

## 【中吕·山坡羊】雨水无雨

无凭无据，无思无虑，白云淡淡听花絮。对樵夫，莫吹嘘，仙踪绿野何时聚？一道新凉风自诩。孤，冷月扶；书，冷月锄。

## 【中吕·山坡羊】惊蛰写桃花

不娇不贵，淡中有味，任他陌上人声沸。问天机，一盘棋，黄昏拾得青云辔。可借东风留住谁？归，不后悔；时，笛更吹。


## 【中吕·山坡羊】春分

花开一岸，东君不乱。罗裙湿透风低叹。白云闲，鸟寒暄，轻舟碎影流光溅。黄蝶翩翩空放眼。春，不卖钱；分，是必然。


## 【中吕·山坡羊】清明

花残影瘦，风声依旧。浮云写在黄昏后。觅孤舟，问沙鸥。伤心可把何人救？一树相思须放手。愁，莫上楼；休，天地久。

## 【中吕·山坡羊】立秋

　　清风影瘦，青山依旧，芭蕉前数相思豆。似风流，叹风流，斜阳梦在黄昏后，月下举杯何问酒？愁，一念秋；休，一念秋。

## 【中吕·山坡羊】相思一瓣

　　相思一瓣，随风吹散，黄昏明月邀相见。料青山，化为莲，生生世世云溪畔，不羡古人何羡鸳？真，不必言；虚，不必叹。

## 【中吕·山坡羊】莲莲有鱼

　　天心不老①，莲心独傲，一花一叶凌波笑。入云霄，上眉梢，鱼儿见我三分俏，我见鱼儿如至交。东，风更高；西，诗更豪。

①老："老"字应为去声。

# 【中吕·山坡羊】雨荷

诗心佛念，非虚非幻，风中听雨流光断。醉无眠，叶圆圆，娇羞胜在三分乱，一举破开云水天。行，可涅槃；归，可入川。


# 【中吕·山坡羊】金露梅①

风吹日晒，高原一怪，天生有色红尘外。丈悬崖，巧安排，风风雨雨豪情在，幸福吉祥何必买。需，是药材；观，蝶梦来。

①金露梅：又叫紧老梅、金蜡梅。在藏区又名格桑花，是拉萨市的市花。花语为怜取眼前人。是高原上生命力最顽强、最普通的一种野花，寄托了藏族人民期盼幸福吉祥的情感，花色艳丽，有较高的文化社会价值。花、叶入药，有健脾、化湿、清暑、调经之效。

散曲

## 【中吕·山坡羊】七夕

　　相思一岸，相思谁断，相思何止三分半。若无言，莫围观，浮云梦去风还乱，自是夕阳归远山！假[①]，一大船；真，一大碗。

①假：应为平声字。

## 【南吕·干荷叶】大雪

　　（松）站如松，坐如钟，不舍春秋梦。骨如风，韵如风，皑皑白雪觅无踪，寂寞天心共。

　　（竹）竹林幽，任西风，不把闲愁弄。色空蒙，影空蒙，梅前何事问青松？寂寞天心共。

　　（梅）一枝梅，半山风，瘦影疏篱动。酒三盅，色三盅，醒来月下竟相逢，寂寞天心共。

西
|
江
|
月

## 【南吕·干荷叶】四川三景

峨眉秀，月如钩，最是风儿瘦。梦何由？
翠含羞。蝉鸣深处鸟啾啾，谁在黄昏后？

青城幽，等闲收，漫笑风儿瘦。影同谋，
道同修。山山独立水悠悠，花落黄昏后。

都江堰，水长流，始信风儿瘦。掷闲愁，
荡轻舟。天涯何事许春秋？人在黄昏后。

## 【南仙吕·醉罗歌】冬至

〔醉扶归〕饺子饺子开心下，冬至冬至
吉祥加。此日霜风不堪夸，弄乱了阴阳卦。

〔皂罗袍〕水深水浅，小虾大虾；梦长
梦短，红花绿花。相思路上浑不怕。

〔排歌〕情无价，真与假，借清欢系住
天涯。

## 【南仙吕·醉罗歌】白云升处海棠花

〔醉扶归〕杨柳杨柳秋千架，红日红日绿窗纱。自古陵江景堪夸，一滴水（能把）霓虹挂。

〔皂罗袍〕清波逐浪，峭壁发芽；孤烟带雨，皓月煮茶。山重水复皆入画。

〔排歌〕莺啼罢，风一打，白云升处海棠花。

## 【仙吕·四季花】元宵闹春

东风醉在柳梢头，醉在小河沟。老爷一碗高粱酒，邀月下扬州。水悠悠，梅花不懂故人秋。

## 【仙吕·四季花】中秋寄语

清风明月莫贪杯，酒里有归期。谁说幸福无滋味，谁把梦来追？梦来追，诗成星散雁双飞。

## 【仙吕·四季花】月城湖

心中有月自清凉，无处不风光，山如黛墨云如桨，动静洗沧桑。鹭双双，飞鸿一瞥女儿妆。

## 【仙吕·四季花】老君阁

峰高势阔纳乾坤，绝壁写烟云。一呼一吸开混沌，以道固天真。月无门，江湖万古只欢欣。

## 【仙吕·四季花】绵阳富乐山

非贫即富乐于山，智者不孤单。秋风起处何须叹，修竹报平安。去留间，豪情倚仗可通关。

## 【越调·天净沙】平乐古镇①印象

青石半锁城墙，老街最懂阳光，古树堪惊画廊。星河有象，风前一斗沧桑。

①平乐古镇: 有2000多年历史，明清建筑，素以"秦汉文化·川西水乡"风情著称，素有"一平、二固、三夹关"之美誉。有千年以上的榕树13棵，有一座100多年历史的七孔石桥——乐善桥等。

## 【越调·天净沙】秋思

白云落寞清凉，西风宛转疏狂，流水从容大方。群山叠嶂，何来表面文章？

## 【越调·天净沙】高山农家乐秋景

残荷欲破深秋，疏篱不带闲愁，白发何伤美酒？清风一袖，芦花红叶兼收。

## 【越调 · 天净沙】芦花

秋风为你安家，夕阳为你涂鸦。谁道诗心半把，乡愁一架，归来寂寞如花？

## 【双调 · 新水令】小寒

风寒水冷月牙高，喜红梅把春来报。江湖收眼底，寂寞锁眉梢。谁在闲聊，谁在梦中笑？

【驻马听】谁又吹箫，谁说风流无大小；终难弄巧，终需烟火半逍遥。烹茶煮酒对知交，束云听雨题年少。天不老，天涯处处青青草。

【乔牌儿】用新诗筑巢，用柳色相照。孤舟暗自填双调，空山何用扫。

【水仙子】流光一路许英豪，玉树三更裁绿袍。红梅带雪三分俏，相思还未了，（便）与东风，寸寸相邀。般般举，细细描，且话渔樵。

【尾】白杨未嫁春先到，岂止松烟李陶。大象本无形，阴阳立昏晓。

## 【双调·折桂令】春分

（舍）三分又得三分。红杏如云，绿草如茵。柳拂东风，桃生羞色，树老孤村。 明月远来山水近，落花归处薜萝新。并作黄昏，半是斯文，半是天真。

## 【双调·清江引】小雪后三日绵阳富乐山赏菊

霜风一半花下磨，一半枝头坐。才将空宇开，便有流霞破，相思几分不算多。

## 【双调·清江引】梨花带雨风带柳

一

梨花带雨风带柳，莫道嘉陵瘦。孤山云梦开，彩笔蓝田绣，烟波在堤春在手。

二

莺声宛转青翠流，莫道嘉陵瘦。杜鹃啼影来，水色开帘奏，千里画图魂梦收。

## 【南吕·一枝花】大寒忆麻柳沟①

半山解语花，一地相思豆。横听风雨多，竖看稻粱幽。翠绿长流，花落黄昏后，云烟一半收。燕归来、报与东风，说桃夭、溪边酿酒。

【梁州】论山势、难攻易守，论山腰、宜放能收。薜萝不弃星河友。杜鹃开遍，青杏和羞。只添逸兴，不带闲愁。父忙活、背夹篼篼，子忙活，螃蟹泥鳅。客来之、山药烧鸡，客去之、蕨苔竹笋，客同之、天地春秋。抓阄，逗狗。光阴不识芙蓉面，弦断梦依旧。最是红梅傲雪时，善恶同修。

【尾声】山增翠色人增寿，水上苍波月上楼。莫许相思以回扣。字柔，句柔，谁在来回割新韭。

①麻柳沟：笔者的老家。

# 【仙吕·一半儿】成都宽窄巷子拾零

## 一

马桩拴老月犹新，鱼脊骨①闲梦亦真，典当铺寒诗更贫。问何因，一半儿秋风一半儿春。

①鱼脊骨：指宽窄巷子"鱼脊骨"形的道路格局，这种格局形式便于街道居民自发式的管理，奠定了安静、悠闲的生活基调。鱼脊骨的"骨"字出。

## 二

恺庐①识得卖花声，黛瓦何须折柳情，古巷不劳沽酒僧。美人倾，一半儿回头一半儿行。

①恺庐：位于宽巷子11号，院名恺庐，该门头为宽窄巷子中最富标志性门头之一。

# 【仙吕·后庭花】赏菊

清霜不耐磨，黄花几度歌。信有风吹雨，肯将秋踏莎。笑呵呵，不惊不诧，苍烟开又合。

## 【仙吕·一半儿】禹迹岛即景

梧桐叶老喜听秋，黄菊身轻时弄首，芦苇发长频醉酒。水悠悠，一半儿张罗一半儿休。

## 【仙吕·一半儿】长坪山盐乡文化

石磨未老菊先黄，石壁无言墨自香，橘柚新肥秋更长。气轩昂，一半儿盐来一半儿粮。

## 【正宫·汉东山】一江春水好梦揣

一江春水来，千里画图开。桃花一排排，燕子也么哥，柳荡轻舟过瑶台。好梦揣，该不该，更虚怀。

## 【正宫·汉东山】白露

凉风一半多，红叶满山坡。平地起旋涡，牧笛也未哥，貌似相思被调唆。玉镜磨，不问佛，更张罗。

## 【正宫·汉东山】秋分

天门一线开，旷野数峰排。落叶扫尘埃，梦魂也未哥，欲枕山河到蓬莱。心似海，貌也乖，醉如孩。

## 【正宫·塞鸿秋】癸卯立冬后三日访张澜①故居

表方石上流忠义，梅博馆里开仁智。残荷放眼长青翠，竹林回首新天地。读书心愈明，临水云犹醉，如今执笔儿孙辈。

①张澜：字表方。张澜故居的表方广场有块表方石，上书："表里如一，方正做人"，是由其孙女张梅颖所题。

## 【正宫·塞鸿秋】中药组局

当归不做山苍客，丁香摊破空青色。凌泉管领希仙派，白前尤喜常春态。寄奴乘兴来，京墨闻风拜，重楼独立红尘外。①

①当归、山苍、丁香、空青、凌泉、希仙、白前、常春、寄奴、京墨、重楼都是中药名。

## 【正宫·塞鸿秋】半醒半醉红黄色

柴门尽日掀锅盖，竹篱把酒惊天籁。时光不在星河在，虚名不爱烟波爱。浑如梦里花，尽是山中客，半醒半醉红黄色。

## 【正宫·塞鸿秋】阆中古城印象

一方山水乾坤立，九霄楼阁风烟系。青砖黛瓦无穷碧，晨钟暮鼓长悬翠。汉秦昨夜归，唐宋今朝会，明清不老红尘味。

## 【正宫·脱布衫过小梁州】精诚眼科医院建院十周年

裂隙灯、不问年庚，显微镜、不取真经。只道是、一花一景，却谁知、四时多病。

〔带〕白发悄悄鬓角生，与世无争。仁心仁术许光明，吾三省，脚步也轻轻。

〔幺篇换头〕天涯不住孤舟影，杏林春、战战兢兢。夜已深，风初定，繁星一岭，共看此山青。

# 【正宫 · 脱布衫过小梁州】癸卯冬月初四感飘了几颗雪米子

化作风、冷冷飕飕，化作雨、荡荡悠悠。在心底、若无若有，在笔尖、是新非旧。

〔带〕围炉煮酒莫吹牛，天意难求。秃枝回首画如秋，相思扣，只锁那山头。

〔幺篇换头〕三分在左三分右，白和黑、一并兼修。瑞叶醇，璇花厚，可攻可守，六出不关愁。

# 【仙吕 · 赏花时】元旦大雾

只道霜风列列时，却见寒梅落落枝。瘦影剪新诗，何须用药，物象本参差。

【幺篇】久在红尘心路塞，但借沧波世味砥。不负旧相思，流年合酿，筋脉老而慈。

【赚煞】引烟霞，涂文字，写星河、都成废纸。莫说阴阳皆在此，水云间，难画桑梓。美滋滋，也乐滋滋，绝壁丹崖可入史。白蘋作词，春风明示，虚实不用辨雄雌。

# 【商调·集贤宾】也来说道嘉陵江

【集贤宾】嘉陵谷①中春色早，水伯②好逍遥。（夜）经陕西、晨访甘肃，到四川、管领风骚。桃花酒、酣畅淋漓，杨柳枝、清丽苗条。一程雨无关大小，一程风、何等英豪。扁舟明月下，花鼓调门高。

【逍遥乐】阿哥开窍，也卖山珍，也收寂寥。阿妹痴娇，裁锦绣、闲掷闲抛。半壁烟云松不老，古道边、李杜相邀。不知唐宋，不著丹青，且喜白描。

【醋葫芦】侃大山，格翠筱。灶门前豌豆红苕，猪圈旁鸡窝雀巢。江边垂钓，蓑衣斗笠祭芭蕉。

〔浪里来煞〕风一瓢，水一瓢。道玄③落笔溅云霄。马走象飞车待考，嫣然一笑。猿啼两岸莫咆哮。

①嘉陵谷：嘉陵江的发源地。
②水伯：水神之名。
③道玄：吴道子。其《嘉陵江山水图》妙趣横生。

## 【中吕·喜春来】山寺桃花

空山不种相思色，古寺何须解语台，三分寂寞对云开。清梦裁，千里复归来。

## 【中吕·喜春来】春漾嘉陵

一

桃花垂钓东风染，杨柳移舟蜀道攀。新诗种在水云间。一座山，魂梦总相牵。

二

一行春色嘉陵畔，一斗乡思绿树前。莺声不负艳阳天。谁在弹，风景胜江南。

## 【中吕·喜春来】参加《蜀诗年卷（2022）》首发暨培训学院第三届学员结业

诗中自有乾坤大，境到还须草木佳，一番滋味一枝花。何用夸，新火试新茶。

## 【中吕·喜春来】一帘风雨青衫秀

### 一

一帘风雨青衫秀，半壁烟波翠色勾。鸡鸣犬吠燕啾啾。春在手，黄鹂展歌喉。

### 二

桃花正酿嘉陵酒，杨柳先题蜀道幽。草堂月色泛轻舟。山尽头，浩浩水东流。

## 【中吕·喜春来】桃花不做相思客

### 一

桃花不做相思客，杨柳休言独醉台，蔷薇一架向天开。何用猜，宜唱喜春来。

### 二

青山泼墨豪情在，老树和烟晓梦揣，白云朵朵乐开怀。何用买，结伴上蓬莱。

## 【双调·水仙子】东风尽着花模样

天生一色是金黄，翠减三分立故乡，东风尽着花模样。星河把梦敞，任明月落千江。春秋短，血脉长，醉了斜阳。

## 【双调·雁儿落带得胜令】成都宽窄巷子

青砖不怕老，黛瓦何言俏？有宽就有窄，相逢还相笑。

〔过〕月下客吹箫，醉后我挥毫。可画江湖瘦，可禅云水遥。天高，世事谁能料？心高，秋风不用扫。

## 【双调·大德歌】苦楝花

夜里来，梦难猜，流水惊风该不该？弯月眉如黛，春归去、苦楝开。红尘醉在青山外，何以话聊斋？

## 【双调·大德歌】珙桐花

白云飞，不思归，梦入天心更举杯。款
款相思寄，鹤长鸣、凤可栖。山重水复知君意，
不敢道玄机。

## 【双调·大德歌】蓝花楹

色如渊，梦齐天，一味相思风雨煎。泼
墨何须靓，长亭外、浅水边。繁华落尽孤飞燕，
许我几重山。

## 【双调·大德歌】礼赞白衣天使

### 医生

德之淳，术之仁，不怕天高风又紧。敢
把阎王训，行有节、事有因。星河明月传佳信，
不辱杏林春。

### 护士

揣晨曦，着白衣，哪管腰身瘦与肥。病
痛皆能治，花开时、梦不迷。东风吹醒相思意，
却怕问归期。

## 【双调·大德歌】立夏

夏之生，翠如屏，雨打芭蕉梦里听。石径连花径，有鹧鸪、夜夜鸣。春归不把斜阳聘，何处动箫声？

## 【双调·大德歌】甲辰小满

一座山，水云间，寂寂生风堪放眼。不做彪形汉，静气长、梦一栏。江湖有酒何须叹，一棹一连环。

## 【双调·大德歌】龚滩古镇游记

说龚滩，到龚滩，百里画廊几道弯？云近风声远，水墨浓、峭壁闲。谁凭寂寞时光断，入骨写天然。

## 【正宫 · 甘草子】芒种听流水

清绝意，自许天真，不道江湖急。落日圆，长风起，青梅老，故人归。石径幽幽听流水，云烟短，舟莫系。且问光阴梦何矣，薄酒三杯。

## 【正宫 · 甘草子】夏至

花间事，未等风来，已有凌云志。破晓开，凭虚驶，沧桑曲，两三支。何处归来何处止，莫让我、抛诱饵。惹得新荷更放肆，一地相思。

## 【正宫 · 甘草子】端午节感念
## 白素贞

风和我，谁是尘埃，谁是开心果？瘦影长，流云左，有人舞，有人歌。一道斜阳来入座，雄黄酒、身欲破。莫对流光瞎许诺，天意难合。

## 【中吕·朝天子】龙宫风景区之 漩塘遐想

　　说远，不远，笔底邀相见。春秋不住柳和烟，一味风中旋。日影重重，白云片片，浮萍根底浅。在巅，在渊，未许初心变。

## 【中吕·朝天子】小暑

　　日长，影长，难舍花模样。风闲难写好文章，云比天心胖。菡萏如斯，梧桐之上，鸣蝉有话讲。莫慌，莫装，扶月登台唱。

赋

# 荷花赋

　　予素喜花，荷花为甚也。高洁似天山之月，清凉如君子之风。娴若烟霞生五色，雅如冰雪醉长空。

　　亭亭如盖，寂寂无尘。骨瘦而能擎天地，心空而不染贪嗔。不妖不艳，能屈能伸。红似霜枫之飞醉落日，白如冰雪之洗炼烟云。倏然一梦惊醒，花开拂晓；岂用扁舟老去，花落黄昏。由是听般若，悟前身。佛国之花，君子之骨；泥中之物，圣贤之根。

　　观夫风狂雨壮，玉动珠摇。本性清凉而坦荡，文章淡泊以孤高。夏日炎炎，独立荷塘而耿耿；秋风烈烈，长悬明月以昭昭。六月花神①之华彩，凌波仙子之青袍。叶败花残，莲蓬不坠青云之志；霜寒天冷，君子且歌沧海之谣。

　　至若风荷并举，云水同修。翠钱回首而不悲不喜，菡萏临风之无欲无求。红衣照水而静听钟鼓，佛座须残之坐看亭楼。②半亩芳荷，一牙新月；七分黛色，万里孤舟。挥毫泼墨之时，星河滚滚；极目凌虚之处，云水悠悠。洎及空澄有象，青翠无涯。然则根生藕，叶托花。同问道，不咨嗟。食者有滋有味，煮者能药能茶。烟火之中宿德，夕阳之外升华。

噫嘻！西施之濯水，尔雅之芙蕖③。处宫中而不艳，处山野而不孤。集万古沧桑之厚重，表三千风物之萧疏。破重霄，飒飒而天心炼；凭一息，潇潇而云影扶。不与春秋之争典雅，不因聚散而论荣枯。事事处处，俱见文人风骨，君子何为而不爱？

赞曰：

叶是菩提花是佛，眼听般若耳听风。

云烟但得凌波起，翰墨何妨入水空。

任处池塘无垢净，能凭一碧悟穷通。

残荷照影三分醉，唯见青山隐隐同。

（依词林正韵）

西—江—月

①荷花：有"六月花神""凌波仙子"之称。

②菡萏：是未开的荷花，即花苞。而翠钱则是新荷的雅称，红衣是荷花瓣的别称，佛座须是莲花蕊的别名。

③芙蕖：《尔雅》称荷花为芙蕖。夫差为西施修有"玩花池"，内种荷花。

# 华山赋

昔鸿蒙未启，天地不张。盘古开天而清浊始辨，女娲炼石而山川可量。千古文明，炎黄之脉且源深泽厚；四时胜景，华夏之根而地久天长。云天一色，日月齐光。临壑而危崖兀立，倚天而碧落独扛。

观夫北瞰渭河，南依秦岭。东连晋豫之壤，西接长安之盛。风云跌宕，涵太古之苍茫；气势恢宏，蓄巨灵之强劲。棋布星罗，千呼百应。状如利剑而有声，形似莲花而欲醒。至乃苍龙横亘，鹞子翻身。千尺幢，仰望天光一线；百尺峡，恐惊巨石三分。金锁关前莫论生死，莲花峰上独抱乾坤。老君犁沟，石牛赫赫一揽日月；长空栈道，铁索悠悠不系晨昏。乐山乐水，见智见仁。云因风而常醉，山因险而不贫。

洎及庙宇楼阁，诗书礼乐。亭台隐入山崖，石刻横生谷壑。云台观，飘飘何所来；玉女峰，隐隐似无托。如道初开，如天在握。帝王祭祀之迹可寻，寇准咏华之诗可酌。清虚化道，不愧于帝都；险绝无端，何惭于五岳？暮鼓晨钟，穷猿飞鹤。松立绝壁而侠骨犹存，剑论华山而赤金可铄。半悬洞里，但借云烟对饮江湖；下棋亭中，任凭风雨运筹帷幄。峰巅之上唯风可独往独来，石畔之初唯道可先知先觉。

是故华山虽挺拔于关中之地，却独守于寂寞之涯。见证过王朝兴替，盛世繁华。野老少陵，会之当临绝顶；诗仙太白，素之可把莲花。今缆车飞渡，滑道争夸。体纳八方来客，文传佛道两家。登其峰者，感其天地之辽阔；探其险者，叹其自然之奇葩。以水之襟怀，山之静气；洗君之魂魄，世之喧哗。听松者既知天籁，揽月者犹贵无邪。妙哉，太华！壮哉，中华！

诗云：

道在险中求，云知绝处幽。

峰峰皆独立，寂寂岂能收。

声远长闻笛，根深可系舟。

莲花清净地，佛道共春秋。

（依词林正韵）

# 升钟湖①赋并序

　　升钟湖，发轫于西河，截流于升水。一湾一景，一棹一春。隔岸扶风，横江弄影。一水兴农又兴钓，水过之处，沃野千顷，旱涝保收；岁遇三秋，龙舟竞渡，钓鱼竞技，不亦乐乎。有"中国水立方""世界钓鱼城"之殊誉。感而为赋。

　　翡翠初醒，渔歌已醉。群峰描黛，炊烟与鸟雀齐飞；紫气连云，野鹤与天光比美。由是执钓竿，抛诱饵。如世外高人，花中仙子。凭悠闲以指点江山，得浪漫而非关年岁。

　　观夫山之似染，水之长流。即行即止，可钓可游。临江坪，长兑烟波于明月；凤凰岛，聊寄潇洒于孤舟。白云淡淡，碧水悠悠。柳子厚之诗，堪待醒时落笔；姜太公之境，岂非志在吴钩？是以知进退，论沉浮。既知深浅，不着闲愁。以天地之精神养气，借江湖之淡泊回头。

　　至于古刹农桑，先民遗迹。以人文之风骨，感山水之韵律。有醴峰观之大殿森森，有瘟祖庙之瘟神寂寂。神坝砖塔，以浮雕对日月星辰；伏羲广场，以画卦演江山社稷。至妙至真，涵虚涵碧。念念有鱼可钓万里之光，家家有酒可迎远方之客。男婚女嫁，傩戏高跷；春种秋收，卧龙内紫②。闲时桂花坪里听风，感处张家嘴村留惕。脆红李，分明乡村产业之标杆；龙水潭③，暗涌红色资源之记忆。所谓法自然，师贤德。追光者沐光而行，学道者闻道而立。

乃知状元故里，钓者天堂。星河有约，龙凤呈祥。春之有梦，梦在落花；夏之有荷，荷处清凉。飒飒秋风，明月修于岭上；皑皑白雪，红梅傲于路旁。乐于山者，可曲径通幽而至；乐于水者，可临渊得句而扬。洎及寒鸦点点，白鹭双双。烦劳者，引兴高歌而不恐；洒脱者，澄湖静笃而不张。兴尽归舟，番茄啤酒太安之美；客来胜地，酸菜火锅麻辣其香。渔之可煮一江春色，酒之可斟一岸阳光。可谓休闲之地，文旅之乡。

噫嘻！水之不孤，山之不老。烟火之中听蝉，白云深处悟道。溪桥望月可题诗，松菊凌霜需趁早。值此暑气已收，秋意渐浓之际。与其倚剑弹琴，不如泛舟带月；与其寻章摘句，不如把酒临风。五谷杂粮之根本，千年万载之霓虹。以无弦之水色，歌无墨之苍松。以丘壑之幽深淡远，唱乾坤之壮丽从容。

诗曰：

迎风执笔点山河，一棹一杆皆是歌。

有景直将明月照，寻幽不用白云驮。

梦回泽国听花语，水向扶桑把镜磨。

若问江湖谁做主，渔樵闲话更张罗。

（依词林正韵）

①升钟湖风景区的景点有：凤凰岛、醴峰观、瘟祖庙、临江坪、红军村、桂花坪、神坝砖塔、伏羲广场、海螺广场、荷塘月色及钓鱼文化博物馆等。当地有傩戏、地灯、高跷、狮舞、杂耍、根雕、盆艺等古老的民间艺术活动。

②卧龙：指升钟湖的名小吃"卧龙鲊"。内紫，柚子的别称。升钟湖盛产甜柚。

③龙水潭："升保起义"的遗址。

赋

# 梅花赋

　　其心益淡，其志益长。虬枝盘如老骥，花色散于冷香。岩畔之松，嵯峨而不生傲慢；溪边之月，高洁而不失疏狂。似而非之惟妙，兼而有之何妨。

　　观夫雪之清寒，花之明暗。寒者以空灵而幽雅养其魂，暗者以逸致而坚贞从其善。钟敲古寺，银粟①重重；笛落竹篱，云霞片片。飘飘洒洒于瑶池，凛凛亭亭于阆苑。墨也诗也，何以春秋；香也白也，无从断案。是故梦之初，风之简。既有高贤，应须放眼。

　　至若东风未解，春梦已扶。楼台之曲槛，鹤子之幽居。琼妃②有酒无诗，月明水远；玉面③有诗无酒，枝老云疏。由是引霜威，描倩影。寂寞无根，天香一岭。泽国三更腊尽，松竹同游；九霄一夜春归，菊兰半醒。稚子不知有放翁，老僧题素辞陶令。摇月生风，和烟品茗。是以花无色，水有声。香中何韵，清极能横。池上芳心未许，诗中傲骨无争。蜂蝶不知春已到，雪霜却道岁可凭。

　　尔其枝虬树老，月落风斜。幽香散于四野，玉骨隐于天涯。不着是非，能洗云烟之缥缈；唯存今古，能凝白露之清嘉。试看归路雪，却胜去年花。况海阔天高，云随帆动。处深山而自落自开，登霄汉而不骄不宠。根生别径，见其玉树临风；色染空门，便以经幡入梦。举杯能问俗，向野每栖凤。

噫嘻！诗书万古，墨染千秋。说不尽疏枝掠影，道不尽玉笛衔愁。古道边，人事之悲欢离合；驿墙外，月光之清浅沉浮。德慧处花与人无别，幽香处心与意同流。高风依旧，绰约尽收。

诗曰：

疏枝不解春何意，寂寞复开新岁花。

既得青山暗相许，岂为白雪远天涯。

嫦娥泼墨诗肩瘦，玉兔凝珠醉眼斜。

傲骨临霜只抱朴，馨香带月举浮槎。

（依词林正韵）

①银粟：雪的别称。

②琼妃：雪的别称。

③玉面：梅花的别称。

赋

# 麻柳沟<sup>①</sup>赋

　　山如漏斗，势若长风。酒醉三巡，难言麻柳沟之美；花开四季，谁晓飞水村之名？唯皓月之孤高，清风之磊落，生于斯长于斯也。

　　夫双翼围而不合，其身直而不斜。下窄上宽，疏狂有度；地多人少，空翠无涯。日月何曾寂寞？溪流不善喧哗。牛羊散漫，草木清嘉。竹影幽幽，不碍招蜂引蝶；蝉声阵阵，何妨乳燕鸣蛙。俗谓栽柳折柳，种瓜得瓜。僻而不荒，青石板路通于山外；高而不野，邛崃山脉立于无邪。放眼可看瓦屋峨眉之秀，赋闲可煮雨城蒙顶之茶。思绪翻飞，想陆鸿渐<sup>②</sup>何以得一仙一圣；乡心摇落，品吴理真<sup>③</sup>独爱那一叶一芽。自是刹那间可期可许，寻常处可减可加。

　　至若路转峰回，鸡鸣犬吠。南北端山色俱扬眉，七八户农家皆姓李。胜景无言，三餐有备。猕猴竹笋，不期酒盏笛声；山药刺梨，不羡山珍海味。坐看新月之破雾穿云，卧听朝阳之爬山涉水。樱桃树下，忽惊大梦初醒；乌柏树前，堪叹年华易逝。无沽名钓誉之人，尽淳朴天真之辈。是故相见不谈得失，围炉不论是非。树老有清风对酌，才疏有明月相随。

一瓦一砖，烟尘不染；一针一线，童叟无欺。父严子孝，腊尽春归。以青杠之挺拔，悟麻柳④之谦卑。

噫嘻！以宇宙之无穷，观人生之一瞬。何喜何悲，何爱何恨？苔花虽小，也学牡丹著春秋；北海虽深，还须江湖立根本。以草木之精神，观儿孙之勤奋。品德俱佳，须眉无损。来是山野之客，不住虚空；去是山野之风，复归混沌。无惧荣枯，何惭愚笨？只需居山水而同呼吸，便可枕星辰而知远近。

然梦魂之上，思念之巅。故乡之月是山是水，故乡之茶是水是山。流光作赋，风雨开篇。飒飒而如雨之寂寞，萧萧而似风之管弦。说不尽那渔樵本色，道不完这生命源泉。

诗曰：

鸟翼翩翩麻柳沟，白云潇洒竹林幽。

非关三雅⑤声名大，别有高邻福慧修。

瓦屋峨眉肩并立，黄芽甘露⑥梦同游。

从来古木知天意，此去蒙山⑦不是秋。

（依词林正韵）

①麻柳沟：笔者老家。位于雅安名山区万古乡飞水村。山体像个漏斗状，三面环山，两边的山脉就像鸟儿腾飞的翅膀，围而不合。只有七八户人家，一条青石板路通向山外，几近于原始村庄。

②陆鸿渐：本名陆羽，出版有《茶经》，被人誉为"茶仙"，奉为"茶圣"，视为"茶神"。

③吴理真：西汉严道（四川省雅安名山区）人，被认为是中国乃至世界有明确文字记载最早的种茶人，被称为蒙顶山茶祖、茶道大师。

④青杠、麻柳，分别指青杠树和麻柳树。百年古木青杠树是笔者老家的风水树。

⑤三雅：指雅雨、雅鱼、雅女。

⑥黄芽、甘露：都是蒙山名茶。其中甘露是名茶中的极品。

⑦蒙山：指蒙顶山，是茶文化的发祥地，茶之圣山。与青城山、峨眉山齐名，为蜀中三大名山之一。

西
｜
江
｜
月

# 都江堰赋

　　夫岷江有义，陆海①有谋。水之空明而几于道，人之磊落而无复愁。沃野良田，风花一岸；湖光山色，云水同游。人生一世而只争朝夕，古堰千年而不假春秋。

　　昔并立望丛②，皆因水患。太守李冰，开山筑堰。离堆锁峡，宝瓶口之传奇；鱼嘴分流，金刚堤之强悍。侍郎③有意，凤栖窝之石马无言；杨柳无心，百丈渠之竹笼有胆。枒槎因水而生，玉垒因水而断。顺也时也，为也善也。

　　而今南桥有梦，翠月多情。二王庙之霞光如洗，清溪园以古朴闻名。奎光塔抚琴，白云弄影；壹街区④漫步，草木临屏。文章千古，山水半城。坐拥星河之势，闲收天籁之声。寻幽多胜景，问道有青城。

　　噫嘻！水为万物之源，人为万物之主。秉节于岁修⑤，扬名于天府。依山而卧，有月可期；乘势而归，有舟可渡。道法于自然而无为，人法于天地而有序。

诗曰：
岷江之水本良贤，绝壁飞身奏凯旋。
日月无声心似海，星河逐浪势如烟。
凤栖窝里飞沙净，宝瓶口中仁智诠。

**巴蜀文明仓廪实，翠飞鹤舞说丰年。**

**（依词林正韵）**

①陆海：蜀郡太守李冰，号称陆海。

②望丛：望帝杜宇与鳖令并称"望丛"

③侍郎：又叫侍郎堰、飞沙堰，唐一官至侍郎的官员，主持
修建。

④南桥、翠月湖、二王庙、清溪园、奎光塔、壹街区皆为都
江堰风景区的名称。

⑤岁修：岁修制度，都江堰的管理制度之一。

西
—
江
—
月

对联

# "山""水"一至七唱

一唱（凤顶格）
山中岁月悠然度
水上烟波自在流

二唱（燕颔格）
青山未许红颜老
碧水何缘白发长

三唱（鸢肩格）
休问山花开且落
且观水色有还无

四唱（蜂腰格）
一岭青山风作客
半湖碧水月为邻

五唱（鹤膝格）
开帘莫问山何色
掬月须知水有声

六唱（凫胫格）
溪边老树听山月
涧底松风入水云

七唱（雁足格）

此去苍茫生野水

且凭寂寞洗孤山

## 自题半闲居

一

半是青山开画卷

闲听明月读诗书

二

日落西山风一半

花弹古调水时闲

## 为望舒山房撰联

一

日月星辰都是客

梅兰竹菊尽成诗

二

笔底烟霞生五色

胸中丘壑主三清

## 禅宗十牛图

寻牛

草卧白云牛不见

风吹细雨柳何寻

见迹

早有红梅行若止

堪知瑞雪画难留

见牛

不与黄莺弹古调

独和野草侃今生

得牛

抛舍抛家抛壮志

得风得雨得闲云

牧牛

牧童横笛声声醉

野火倾心步步斜


骑牛归家

风牧荒烟轻击鼓

云言鹏鸟早归家


忘牛存人

骑牛归去人何识

泼墨扶疏梦亦闲

人牛俱忘

翠柳扬帆难尽破

红梅映雪更相倾


返本还源

得道三分何寂寞

让春一半又何妨


入廛垂手

梦里修书疑子丑

诗中叠翠问玄黄

# 牛年

## 一

煮茶代酒闲听雨
横笛迎风自放牛

## 二

送福红梅迷醉眼
报春瑞雪不吹牛

# 题李正元老师印章

## 一

石上残花生傲骨
水中明月照清风

## 二

石上大千空有色
方中内外缺知圆

## 三

天有沧桑天有色
石生花叶石生香

# 为南部药王寺撰联

## 一

花开彼岸，清风总是独来独往
月上中天，寂寞何妨无量无边

## 二

风种菩提，雨种菩提，从来良药三分苦
月迷津渡，花迷津渡，自古莲台万象新

## 三

一盏青灯，照见诸相非相，三世十方皆极乐
半窗明月，行深般若波罗，一花一叶具菩提

# 为苍溪宝云寺撰联

## 天王殿

剑胆琴心，自在从容生妙法
风调雨顺，各司其职助苍生

## 地藏殿

上报天恩，十方稽首，诸相无非三界苦；
日行一善，万法归心，花开见佛此山青。

地藏殿

善男信女，福慧双修登极乐

正等正觉，慈悲一念即菩提


醉墨廊

如画如诗彰大美

真山真水结祥云

## 甲辰九月二十八日宝光寺举行
## "中国楹联文化传承基地"
## 授牌仪式，撰联以贺

圣地增辉，宝光焕彩，传承联艺开新境

祥云启智，佛法庄严，汇聚文心颂古风


# 为灵云山撰联

## 西大门

灵云西麓，翠影千重，古木参天迎远客

山寺北邻，钟声几处，清泉漱石奏仙音

鹤知亭
鹤自凌云风自舞
花长问道月长新

杏花园牌坊门联
灵山秀水，几处早莺无事乐
丽句清词，一枝红杏满园春

颐心亭
颐情雅处风吟月
心醉亭中月照人

一览亭
上摘星辰，乾坤不语风为主
下听松柏，日月不争我为峰

晓月轩
晓月轩中琴韵雅
繁星座上画屏幽

梅林松岗
疏影孤眠风雪里
苍崖兀立水云间

竹林疏影
何曾高洁输明月
但借清虚入九霄

## 灵云楼

灵云散彩，凭栏处尽赏山川秀色

楼宇凌空，极目时皆收天地风光

## 北大门

灵云北望，青山叠翠，祥云万朵纷至沓来，
墨客骚人皆赞风光毓秀

大门南开，绿水环流，瑞气千条绵延不绝，
逸士名流咸夸气象恢宏

## 廊亭组合

廊前漫步，一袖清风可揽灵云秀色

亭内相逢，半山明月尽披慧远幽香

# 其他

## 一

落花随水去

枯树向春生

## 二

雪煮空明色

诗浇彼岸花

三

听梅三弄影

掬月两知音


四

风敲花落梦

雨洗柳揉春


五

一画开天儒释道

三千归梦妙中空

六

云烟梳柳东风绿

桃李筛春细雨红


七

月下参禅新笋立

风中听曲古梅开


八

格物无须深与浅

煮茶但得意和真

九

晨风洗尽三更梦

竹影扶疏一世空

十

老到无非风带雨

清新不止月听莲

十一

梦里清风遥寄月

庭前流水喜禅花

十二

碧水扬波花似锦

闲云叠翠柳如诗

十三

修竹无言超象外

胡杨有约在天涯

十四

青灯不语诗书古

流水无弦琴瑟新

十五

天地长歌梅傲骨

云烟简谱雪精神

十六

一卷诗书一庭桂

半山明月半溪风

十七

诗有骨初心不减

水无形大道亨通

十八

雪落江湖千古梦

酒醒风雨一锅春

十九

一树花枝，凭空生向背

半壶烟雨，倚仗煮浮沉

二十

流水高山，明月有求必应

阳春白雪，东风不请自来

## 二十一

翠竹青松，高山悟道云烟淡
闲云野鹤，流水听风曲径幽

## 二十二

山水无情，暮鼓晨钟花落去
诗书有意，深红浅绿燕归来

## 二十三

字里有乾坤，方圆内外师千古
酒中无大小，贵贱尊卑月一帘

## 二十四

三羊开泰，万物复苏，花正开时枝未老
一言既定，驷马难追，水流低处月还来